巧 × 聯 ○ 萃 × 賞 ×

陳耀南 著

中華書局

目錄

分類賞析 ○ × × ×

前言——關太與孫翁

關太太——？

不是任便那位關大爺、關公子的紅顏愛伴。「紅顏」是她夫君；騎的馬，也不白而赤。過五關、斬六將，威震華夏，義薄雲天。千百年來不少華人還奉他為神呢！

僑澳先友陳伸，善製諧趣而意義深長之詩，有云（原用粵語，略改兩三字，如下）：

賊佬拜關公，希望打劫能成功！
差佬（警察、公安）拜關公，希望破賊立大功！
關公顯神通：警匪大戰，到今也未收工！

圖像裏的關公，掀髯看着手持經卷，（——奇怪：三國時已有印寫的書），兒子關平陪站，手捧金印。當年父子同時殉國。

她呢？

「生何氏？沒何年？蓋弗可考矣！」

資料幾乎是零，她的廟聯如何下筆？

「夫盡忠，子盡孝，可不謂賢乎？」

是啊！「成功男士身邊總有位卓越女性」，如此獨運匠心，可不謂妙製乎？

同樣是撰寫對聯，同樣是有關的評介，關涉天地人，廣包海陸空，古今中外，成敗興亡，有我無我，境界兼全，藝巧完備，向來盛推為「第一長聯」的，那又怎樣？

昆明滇池大觀樓之作，孫髯翁，請看本書「賞析」部分，長逾八頁的第一首。

「浪奔！浪流！」——總聽過吧？甚至時時照吼吧？

孔夫子慨嘆：「逝者如斯夫！不舍晝夜。」蘇學士鐵板銅琶，歌詠「大江東去」。希臘古哲，說涉足海流，再一提腳，已非前時之水。穿透時空，心同理同的，就是第一名聯第一句那個極富動感、貫通全作的「奔」字境界。

飄蕩、奔流、凝立為固、液、氣三態的一氧化二氫，模山範水了九十字上聯，又配對成為得失存亡的歷史感慨。心頭所注，枕畔所滴，何嘗又不是《老子》書中的「上善若水」？Be water！早有華人化這四字為英文而丟失中文來源證了！——也沒所謂，文化本來就不斷交流。不過，如果要求此作與拜祀關太一聯同方式同短長，那就不如檢閱操兵了！連軍警演練也有制服之殊、陣式之異、人數之別呢！

所以：——

第一：請勿過早見怪：書中各聯作品與作者介紹、詳略有殊，體式不一——譬如一部世界史地，中英俄美等國，圖文篇幅必然豐富。譬如論述唐宋藝文，李杜韓歐、東坡清真，難免份量重大。介紹孔門弟子，子路子貢，自然言語較多。

還有，對聯一般遠較詩文散碎短小，許多有趣有名之製，或由代筆，或出假託，或久經傳誦而李戴張冠，或輾轉仿傚而改頭換面。有些一語解頤便已妙趣全出，有些萬言展衍仍似意猶未盡，有些情理，是人心之所同然；有些意象，實世間所罕見；有些應如孔子所教：「多聞闕疑，慎言其餘」；有些宜若俗語所云：「有話則長，無話則短」。所以，如果強求劃一而堆砌文字，缺乏根據而以訛傳訛，又有甚麼意義呢？

當然，「屋北鹿獨宿——溪西雞齊啼」之類，文字遊戲，一句「全入對全平」，是否還要配上卡通片？

第二：請勿詫異：各聯各字的平（○）仄（×）標示，或有或無，位置不定；

語法、句讀、格式、變化似乎很多。

是的，律詩絕句有定式，詞曲有譜，對聯卻規格極簡單，變化自由而隨意——只是上下聯兩者字數、句數、語法結構等等，完全相同，而相同位置的字詞、意義要相對或相反，而一般避免重複。聲音方面，只須在重要節奏位置，平仄相對，（絕大多數上聯收之以「仄」，下聯結之以「平」，也有上收平而下收仄的，總之不能相同就是。）

情況既然如此，本書只在選例中的重要節奏字詞上標出，以示其「相對」之處，否則便略去了——讀者請耐心看「勝跡」第一例「大觀樓」長聯之所標示吧。

如此這般，敬請多看書中選例，然後考慮能否俯允，義助在下，辯解辯解！

「人心不同，各如其面」，古語早有明訓。本書選介各聯評論人物優劣、史事得失、立場觀點各殊，讀者諸君客觀研究，自得其樂。現代中華文化更新，人才廣出多門，即使文科出身，並非沒有不通平仄、不諳對聯之人，只要其他條件適合，亦可主持壇坫。由唐至清科舉取士那一千幾百年就差遠了！要脫貧、要上進，要華國榮身，甚至身後揚名——甚至只想抒情述志，看得懂、做得出聯語、詩歌、詞曲，那聲韻偶對之學，是在所必講的。敬請找一本——或者電腦下載——《笠翁對韻》、《聲律啟蒙》之類：「榮對辱，喜對憂」，「翠館對紅樓」一番：「對月幾回頻舉盞，臨風一笑卻開緘。」

去年此際，回港幸識中華書局（香港）有限公司總編輯侯明女史，蒙邀修撰唐詩、《論語》有關書籍，並著本書：「萃賞」一名，亦出侯總慧心；更蒙副總黎兄與部門各位，多所教助，銘感之至！年瀕八十，仍盼各方高明，惠加指教，先此敬謝！

二〇二〇年六月杪　陳耀南於澳洲

導論

一 為何中文獨有「對聯」？

對聯，生成於中文的特質（漢語、漢字），源出於思考之力（聯想、比較、類推）、觀感之美（對稱、均衡、平穩、啟應），佐證於自然生命形體結構（眉眼耳顴、鰭翼手足肺腎），並且表現於文學以外的許多造型藝術（樓宇、牌坊……）

人心驚羨於單刀直入、一往無前的勇悍果敢；也喜悅於左輔右弼、對稱均衡的穩妥平安。《文心雕龍．麗辭》篇首末那兩段駢體，真是經典而吸引：——「麗」，本作「丽」，不是現代簡體，是原先「兩美並行」的象徵，到變作駢偶意義的「儷」字，「麗」就解為「附着」、「美觀」了。原文和語譯如後：

首段

造化賦形，
支體必雙；
神理為用，
事不孤立。
夫心生文辭，
運裁百慮；
高下相須，
自然成對。

（贊辭）（贊：補充說明之意）

體植必兩，
辭動有配；

語譯

掌管創造、變化的天地自然，賦予生物形體，
手腳翅翼都必然成對成雙。
有心神、有物理的奇妙自然發揮作用，
實情一定不會孤立。
說起來，心靈產生文學，
運用思考作千百種藝術考慮；
高低左右上下前後種種相反相成，互相倚賴，
自然就構成了偶對。

肢體的建立、生成，必然成雙，
文辭的運用，也有偶配；

左提右挈，
精味兼載。
炳練聯華，
鏡靜含態。
玉潤雙流，
如彼珩配！

左邊提帶、右邊攜執，平衡地成雙成對，
精神韻味，兩者兼具而並載。
燦爛精練，華麗的辭藻相連；
像鏡子和真像，靜靜地反映動態，
正反影像美玉般成雙流動，
像那身上帶着的兩珩雙配！

天下事既然心同理同，氣勢並行（而不限於兩句）、組織相類（而並非絕對齊整）的「排比」語法，世間多有；簡言之，駢偶一定是整齊的兩句（單句或複句）重要節奏點平仄相對，排比則否。本書分類賞析，「祠廟」一組盧溝橋忠烈祠聯所用《正氣歌》在「在齊太史簡」至「逆豎頭破裂」一節，就是稍寬於駢偶的排比了。不過，嚴格地以句式相同、字數相等、重要節奏點平仄相對的兩句成偶，卻只有中文的駢文、律詩，特別是就中單提而出、獨立成為文學體類的對聯，才可能有。——以國人最多熟悉的外語——英文來說，且舉著名莎翁樂府《凱撒大帝》三幕二場勃魯脫斯為弒辯解的動人一節演說為例，以見排比和駢偶之不同：

各位羅馬人，各位親愛的同胞們！請你們靜靜地聽我解釋。為了我的名譽，請你們相信我；尊重我的名譽，你們就會相信我的話。用你們的智慧批評我；喚起你們的理智，給我一個公正的評斷。要是在今天在場的羣眾中間，有甚麼人是該撒的好朋友，我要對他說，勃魯脫斯也是和他同樣地愛着該撒。要是那位朋友問我為甚麼勃魯脫斯要起來反對該撒，這就是我的回答：並不是我不愛該撒，可是我更愛羅馬。你們寧願讓該撒活在世上，大家作奴隸而死呢，還是讓該撒死去，大家作自由人而生？因為該撒愛我，所以我為他流淚；因為他是幸運的，所以我為他欣慰；因為他

Romans, countrymen, and lovers! hear me for my cause; and be silent, that you may hear: believe me for mine honour; and have respect to mine honour, that you may believe: censure me in your wisdom; and awake your senses, that you may the better judge. If there be any in this assembly, any dear friend of Cæsar's, to him I say that Brutus' love to Cæsar was no less than his. If, then, that friend demand why Brutus rose against Cæsar, this is my answer, --Not that I loved Cæsar less, but that I loved Rome more. Had you rather Cæsar were living, and die all slaves, than that Cæsar were dead, to live all free men? As Cæsar loved me, I

是勇敢的，所以我尊敬他；因為他有野心，所以我殺死他。我用眼淚報答他的友誼，用喜悅慶祝他的幸運，用尊敬崇揚他的勇敢，用死亡懲戒他的野心。這兒有誰願意自甘卑賤，做一個奴隸？要是有這樣的人，請說出來；因為我已經得罪他了。這兒有誰願意自居化外，不願做一個羅馬人？要是有這樣的人，請說出來；因為我已經得罪他了。這兒有誰願意自處下流，不愛他的國家？要是有這樣的人，請說出來；因為我已經得罪他了。我等待着答覆。

（朱生豪譯，香港大光出版 1960）

weep for him; as he was fortunate, I rejoice at it; as he was valiant, I honour him; but, as he was ambitious, I slew him. There is tears for his love; joy for his fortune; honour for his valour; and death for his ambition. Who is here so base that would be a bondman? If any, speak; for him have I offended. Who is here so rude that would not be a Roman? If any, speak; for him have I offended. Who is here so vile that will not love his country? If any, speak; for him have I offended. I pause for a reply.

素負清流重望、群倫崇仰的勃魯脫斯，一段話好幾節排比語句（——請注意：不是、也不能是、對偶），華麗而有氣勢，聽眾一時口服心服——不過其實不大真懂，否則就不會片刻之後，再聽對手安東尼 Antony 另一番清暢淺白、率直而煽動性更強的話，群眾熱情就此消彼長地逆轉，歷史也就一百八十度改變了！

莎翁當然是聖手，正如同是曹雪芹的筆下，林黛玉和薛寶釵兩位大美人大才女的詩詞，看來真是兩個人的風格！

本書此處，絕不是虛浮淺薄地賣弄「洋貨」，只是藉比較而論證：精雅的排比，中外皆有；奇妙的對偶確是中文獨擅，如此而已。在幾千年來使用孤立單音有調漢語、要書寫就用方塊獨立漢字的中國，由學士文人到販夫走卒，或寬鬆或嚴謹、勻稱整齊而駢偶的成語和律句都是家常便飯。

中文的排比語言藝術一樣發達，特別是近代梁啟超旨在更新民族文化的「新民體」（當然也是「新文體」〔參看傅佩韓：《中國古典文學的對偶藝術》，北京：光明日報，一九九一〕）。不過，整齊華美的駢偶語文藝術，自古到今都是全民能藝，不分庸智——例如：

千言萬語，千山萬水，千軍萬馬，千秋萬歲，
天昏地暗，天長地久，天愁地慘，天崩地裂，
鬼哭神號，鬼斧神工，疑神疑鬼，呃神騙鬼，
有名無實，有始無終，有恃無恐，有緣無份，
福無重至，禍不單行。
養兒待老，積穀防飢。
拳不離手，曲不離口。
桃紅柳綠，鳥語花香。
青山不老，綠水長流。
靠水吃水，靠山吃山。
面紅耳赤，説短道長，蜚短流長，鬼斧神工，
南轅北轍，瞻前顧後，輕歌曼舞，胡思亂想，
標奇立異，爭分奪秒，瓜熟蒂落，藕斷絲連，
打草驚蛇，風吹草動，日曬雨淋，
山窮水盡疑無路，柳暗花明又一村。
曾經滄海難為水，除卻巫山不是雲。

身無彩鳳雙飛翼，心有靈犀一點通。
花徑不曾緣客歸，蓬門今始為君開。
好馬不食回頭草，好女不穿嫁時衣。

跟着，我們應當探討一下漢語中文的本質。

二 漢語漢字與對聯

漢語單音節（單音綴 monosyllabic）構成詞素（語素、語位 morpheme，意義單位）——所以，「大」、「小」、「多」、「少」都是一個音節，而外文例如華人最慣碰到的英語，big、small、many、few 以至 enormous、plenty……等，則音節多寡，各個不同。

漢語是「孤立語」（isolating）——語素之間並無影響約束，例如英文的位格（person）、時態（tense）之類。所以，中文無分先後，不論主客，一「走」了之，一「幹」到底，無 go, went, gone 之殊，乏 do, did, done 之別；任何時空身份，都可引吭高「歌」，省卻 sing, sang, sung 的痲煩，看上文下理，便知分曉。

漢語有「聲調」（tone）——每個音節，隨音高（頻率）時間兩者的變化，而有緩急長短、起伏升降，表現不同意義，寫成不同文字，例如都是唇齒發聲（f~）、喉顎為韻（- an），以聲調可以有不同講讀的粵語為例，歸入不同的調類（括號內為例字）：

漢語傳統聲調有平、上、去、入四類。金、元以來北方普通話「平」分陰、陽，「入」聲分派入其他三聲而消失，南方一些人數很多的方言則保存若干入聲。例如粵語平上去三調各分高低，入聲更有三種。聲韻學者分別給與 1 至 9 的調號。——例如同是唇齒發聲（f-），喉顎為韻（-en），變成緊促的入聲則收（-t）。例字就可以有分、粉、訓、墳、憤、份、忽、罰等許多個，示如下表。

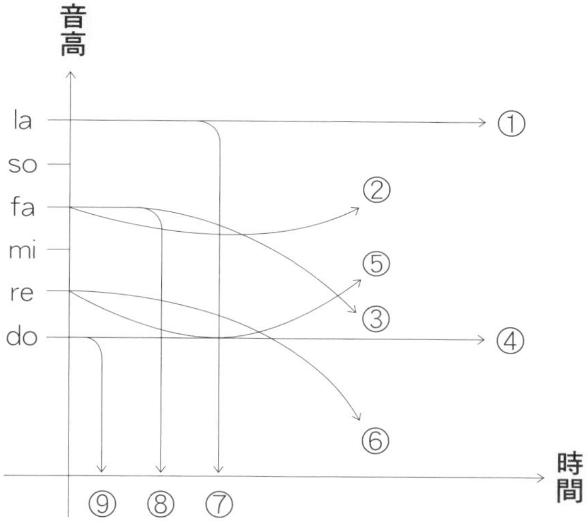

音高	聲調	平	仄		
	狀態	平出（平）	降升（上）	全降（去）	急收（入）
高		①陰平（分）	/	/	⑦陰入（忽）
中		/	②陰上（粉）	③陰去（訓）	⑧中陰入（讀如「法」）
低		④陽平（墳）	⑤陽上（憤）	⑥陽去（份）	⑨陽入（罰）

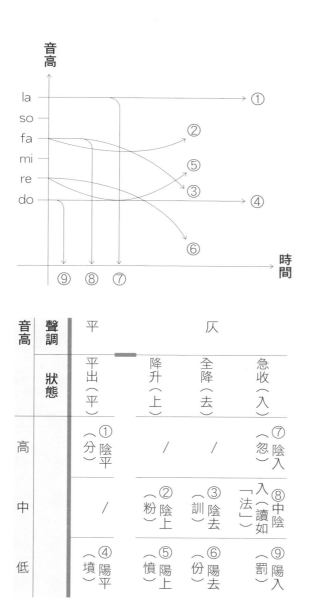

不過，對聯聲調只分平仄，「仄」就是「側」，不平之意，上（作動詞解「升」、「進」，讀「是掌」切，養韻；不讀「時亮」切，漾韻、去、入三聲屬之。遠比詩詞簡易，而且只在句中關鍵音響位置講究。多看本書眾多例子，初習者相信也不難明白。

多年前曾製一表，刊於舊著：

粵語聲調簡表

明釋真空玉鑰匙歌訣		平聲 平道莫低昂		上聲 高呼猛烈強		去聲 分明哀遠道		入聲 短促急收藏		
數目字例		三	零	九	五	四	二	一、七	八	六、十
收喉頭	-ng → -k	幫	亡	綁	網	謗	望	扑	駁	薄
		升	成	醒	領	勝	盛	色	錫	食
收抵齶	-n → -t	分	墳	粉	憤	訓	份	忽	法	罰
		鞭	眠	貶	免	變	便	必	鼈	別

調名			調號	調形	字例						
平仄	四聲	九聲			收元音					收雙唇	
					-a	-e	-i	-o	-u	-m → -p	
平	平	陰平	1	la → la	爸	衣	佳	高	夫	金	闇
		陽平	4	do → do	麻	而	鞋	勞	扶	吟	鹽
仄	上	陰上	2	fa → mi → so	把	倚	解	稿	苦	錦	掩
		陽上	5	re → do → mi	馬	以	蟹	老	婦	荏	染
	去	陰去	3	fa ⌒	霸	意	戒	告	富	禁	厭
		陽去	6	re ⌒	罵	二	懈	路	父	任	艷
	入	陰入	7	fa ⤵	入聲（-p，-t，-k）承「陽」（收鼻音分別與-m，-n，-ng連繫）「陰」聲（收元音）則可與任何輔意結合					急	捏
		中陰入	8	sol ⤵						鴿	醃
		陽入	9	mi ⤵						及	葉

現在更可簡化舉例如左：（無入聲者因係收元音的陰聲字）

平	仄		
	上	去	入
京	景	敬	激
溪	啟	契	
遮	者	借	
般	本	半	缽
書	鼠	恕	
圍	偉	惠	
承	醒	盛	食
香	享	向	
江	港	降	角
中	總	種	竹
華	畫	話	
春	蠢	進	出
班	版	辦	八
莊	狀	壯	作
遮	者	借	
斤	謹	靳	吉
清	請	秤	戚
之	指	志	
交	餃	教	

明學者陳第在《毛詩古音考》說得好：「時有古今，地有南北，字有更革，音有轉移，亦勢所必至。」自金、元、明、清七百餘年，自然與人文大勢所趨，「北方官話」——「國語」——「普通話」已為全民所共，入聲只在若干重要方言中保存，而消失於其他上、去、入三聲之中。科舉考試早廢，好古而依四聲填詞者罕有其人，按平仄而製近體律絕者亦漸不多。至於對聯，上收仄而下結以平，中間重要節奏頓逗，平仄對偶（國語四聲第三、四聲為仄）便可作妥了。

「視而可識、察而見意」的方塊漢字，形音義綜合體，傳承文化、詞性靈活、組合自如，溝通古往今來各省多族的偉大功能，西人早已驚歎：連他們的五線譜音符之於語文分而難合的歐洲文字，都遠比不上！

總之，離開了漢字，書面中文的種種特有藝術，諸如對偶、律詩、駢文就必通通消失，甚麼「楹聯」也就不必談了！

三 對聯與駢文、律詩

中文駢偶「三姊妹」，比起繁華富麗的大姐「駢文」，聲情並茂的二姐「律詩」，小妹妹「對聯」實在年紀較幼而個子太小。不過，她盡伸手腳，可比「排律」而變化遠多，絕不死板；含蓄收斂，又好似六朝小品般精緻玲瓏。譬如吳均寫景短札《與宋元思書》，下半篇都是「佳偶」，而上半篇也有不少「天生一對」。語譯如下，注意方格內的對偶原文：

原文	語譯
風煙俱淨，	風是清清的，煙雲也是清清的
天山共色；	遼闊的天，淡遠的山，望過去是同樣的顏色
從流漂蕩，	隨着江流，（我們的小舟）漂着，蕩着

任意東西。	管他到東，或者到西
從富陽至桐廬，	從富陽到桐廬
一百許里，	一百多里
奇山異水，	奇麗的山，秀異的水
天下獨絕。	沒有甚麼其他地方可以比擬
水皆縹碧，	水都是絲帛般澄明的青蒼
千丈見底；	可以看到極深極深的水底
游魚細石，	在那中間游動的魚，河床上的細石
直視無礙。	直望得通通透透
急湍甚箭，	到江水急流，又快得甚於飛箭
猛浪若奔。	洶湧的浪，像駿馬奔騰
夾岸高山，	夾着江水兩岸的一座座高山
皆生寒樹，	都生長了耐冬常綠的樹
負勢競上，	帶着地勢，競往上衝

原文	語譯
互相軒邈，	高高地、遠遠地，彼此相對
爭高直指，	互爭高下，而又紛紛指向晴天的
千百成峰。	是千千百百座山峰
泉水激石，	泉水激蕩着石頭
泠泠作響；	發出清亮圓潤的聲響
好鳥相鳴，	好看的鳥兒互相啼喚
嚶嚶成韻。	歌唱出動聽的音樂
蟬則千轉不窮，	（還有那）鳴囀不已的蟬
猿則百叫無絕。	啼叫不息的猿猴
鳶飛戾天者，	像猛鷙的鳶鷹般要青雲直上的人
望峰息心；	望着一峰高似一峰，會止息了不斷奮進的心
經綸世務者，	為世俗的事務忙着組織、籌謀的人
窺谷忘返。	看到別有洞天的山谷，會忘記了返回日常的世界

橫柯上蔽，	粗大縱橫的樹枝遮蔽了上空
在晝猶昏，	白天，卻仍然昏暗
疏條交映，	不過，在疏落的小枝交錯掩映的隙罅之中
有時見日。	日光，有時也會見到幾線

聲調語態，仄聲似未盡欲言，平聲似語完意足，所以獨立對聯多上收仄而下收平，恍似唱酬啟應。極少數亦有上收平而下收仄者。成篇駢文則下句收仄較多，以引起再下節文字，連環扣接，展衍成文，如《滕王閣序》即是佳例。全篇可說是美對佳聯的集合展覽：

《滕王閣序》對偶句式

類別	代號	對偶句式	數目
單句對	A	三—三	2
	B	四—四	15
	C	六—六	9
	D_1	七—七	2
複句對	D_2	三、而、三—三、而、三（上下聯句中各自對）	4
	E	四、四—四、四	5
	F	四、六—四、六	12
	G	四、七—四、七（加一虛字，基本仍是四、六—四、六）	1
	H	六、四—六、四	1
	I	七、四—七、四（加一虛字，基本仍是六、四—六、四）	1

唐代駢文，歷來最多人喜愛熟誦的恐怕必是王勃的《滕王閣序》。如有興趣，請參閱香港中文大學出版本人《古文今讀》（續編）頁一〇三—一三四該文，其分段及聲調對偶示意表如下對偶句類型表：

○平　×仄（請注意：只在關鍵字下標出，如該字位置本可平可仄者，則不標出）

類型	上句	下句
B	南昌故郡（昌○、郡×）	洪都新府（都○、府×）
B	星分翼軫（分○、軫×）	地接衡廬（接×、廬○）
D₂	襟三江而帶五湖（江○、湖○）	控蠻荊而引甌越（荊○、越×）
G	物華天寶　龍光射牛斗之墟（華○、寶×、光○、斗×、墟○）	人傑地靈　徐孺下陳蕃之榻（傑×、靈○、孺○、蕃○、榻×）
B	雄州霧列（州○、列×）	俊彩星馳（彩×、馳○）
D₁	臺隍枕夷夏之交（隍○、夏×、交○）	賓主盡東南之美（主×、南○、美×）

	上聯	下聯
I	都督×閻公○之雅望×　棨戟×遙臨○	宇文○新州○之懿範×　襜帷○暫駐×
E	十旬○休暇×　勝友×如雲○	千里×逢迎○　高朋○滿座×
F	騰蛟○起鳳×　孟學×士之詞宗○	紫電×清霜○　王將○軍之武庫×
E	家君○作宰×　路出×名區○	童子×何知○　躬逢○勝餞×

	上聯	下聯
B	時維○九月×	序屬×三秋○
D_2	潦水×盡×而寒潭○清○	煙光○凝○而暮山○紫×
C	儼驂○騑於上路×	訪風×景於崇阿○
C	臨帝×子之長洲○	得仙人○之舊館×

E		F		A		C	
層巒○聳翠× 上出×重霄○	飛閣×流丹○ 下臨○無地×	鶴汀○鳧渚× 窮島嶼×之縈迴○	桂殿×蘭宮○ 列岡巒○之體勢×	披繡闥×	俯雕甍○	山原○曠×其盈視×	川澤×盱○其駭矚×

F		B		D_1		F	
閭閻○撲地× 鐘鳴○鼎食×之家○	舸艦×迷津○ 青雀×黃龍○之軸×	虹銷○雨霽×	彩徹×雲衢○	落霞○與孤鶩×齊飛○	秋水×共長天○一色×	漁舟○唱晚× 響窮○彭蠡×之濱○	雁陣×驚寒○ 聲斷×衡陽○之浦×

B		D_2		F		A	
遙吟○俯暢×	逸興×遄飛○	爽籟×發×而清風○生○	纖歌○凝○而白雲○遏×	睢園○綠竹× 氣淩○彭澤×之樽○	鄴水×朱華○ 光照×臨川○之筆×	四美×具×	二難○並○

C		F		C		D_2	
窮睇×眄×於中○天○	極娛○遊○於暇×日×	天高○地迥× 覺宇宙×之無窮○	興盡×悲來○ 識盈虛○之有數×	望長安○於日下×	指吳會×於雲間○	地勢極×而南溟○深○	天柱高○而北辰○遠×

F	關山○難越×	誰悲○失路×之人○
	萍水×相逢○	盡是×他鄉○之客×
C	懷帝閽○而不見×	
	奉宣室×以何年○	
	嗚呼	
B	時運×不齊○	
	命途○多舛×	
B	馮唐○易老×	
	李廣×難封○	

H	屈賈誼×於長沙○	非無聖○主×
	竄梁鴻○於海曲×	豈乏明×時○
	所賴	
B	君子×安貧○	
	達人知命×	
F	老當○益壯×	寧知○白首×之心○
	窮且×益堅○	不墜×青雲○之志×
C	酌貪泉○而覺爽×	
	處涸轍×以猶懽○	

E
北海×雖賒○　扶搖○可接×
東隅○已逝×　桑榆○非晚×

F
孟嘗○高潔×　空懷○報國×之心○
阮籍×猖狂○　豈效×窮途○之哭×

勃

B
三尺×微命×
一介×書生○

F
無路×請纓○　等終軍○之弱冠×
有懷○投筆×　慕宗愨×之長風○

C
舍簪笏×於百齡○
奉晨昏○於萬里×

C
非謝家○之寶樹×
接孟氏×之芳鄰○

E
他日×趨庭○　叨陪○鯉對×
今晨○捧袂×　喜托×龍門○

F	楊意不逢（×○）撫淩雲而自惜（○×）	鍾期既遇（○×）奏流水以何慚（×○）
	嗚呼	
B	勝地不常（×○）	盛筵難再（○×）
B	蘭亭已矣（○×）	樟澤坵墟（×○）

F	臨別贈言（×○）幸承恩於偉餞（○×）	登高作賦（○×）是所望於羣公（×○）
B	敢竭鄙誠（×○）	恭疏短引（○×）
B	一言均賦（○×）	四韻俱成（×○）
B	請灑潘江（×○）	各傾陸海云爾（○×）

短篇而精巧清暢者，且看詩仙李白的《春夜宴桃李園序》，短短一百一十七字，包含了幾個小對聯？佔了幾多字？

夫天地者、萬物之逆旅。光陰者、百代之過客。而浮生若夢、為歡幾何？古人秉燭夜遊、良有以也。況陽春召我以煙景、大塊假我以文章。會桃李之芳園、序天倫之樂事。羣季俊秀、皆為惠連；吾人詠歌、獨慚康樂。幽賞未已、高談轉清。開瓊筵以坐花、飛羽觴而醉月。不有佳作、何伸雅懷？如詩不成、罰依金谷酒數。

現在又以詩聖杜甫代表作之一：《登高》為例，看一種律詩規格（押平聲韻，首句第二字仄聲，故屬「仄起」，第一、三、五等字通常不限平仄。）二、四、六等字聲調方面，單雙句必平仄平與仄平仄相對，或如此詩，仄平仄與平仄平相對，雙句末字必押平聲韻：首句末字可韻可否，其餘單句必仄。第二與三、第四與五、第六與七，二、四、六位置平仄相同，故稱為「黏」。

文意方面，首尾兩聯可對可不對，頷頸兩聯一般必對。

如單雙兩句聲調、文字都成偶對，就是一副小對聯了。

（仄×　平○　韻◎）

聯	詩句	平仄	對	黏
首聯	風急天高猿嘯哀，	×　○　×◎	對	
	渚清沙白鳥飛迴。	○　×　○◎		黏
頷聯	無邊落木蕭蕭下，	○　×　○×	對	
	不盡長江滾滾來。	×　○　×◎		黏
頸聯	萬里悲秋常作客，	×　○　××	對	
	百年多病獨登臺！	○　×　○◎		黏
尾聯	艱難苦恨繁霜鬢，	○　×　○×	對	
	潦倒新停濁酒杯。	×　○　×◎		

四　對聯從依附、孕育到獨立成長

遠在「楹聯」還未掛在兩柱之上，「門聯」還未貼在大門兩邊之前幾千百年，對偶之精警語句，已經講在知名或不知名者的口頭，記錄在傳誦的篇章典籍：

《詩・小雅・采薇》：「昔我往矣，楊柳依依；今我來思，雨雪霏霏。」

《書・大禹謨》：「滿招損，謙受益。」

《易・乾文言》：「水流溼，火就燥；雲從龍，風從虎。」

《離騷》：「朝飲木蘭之墜露兮，夕餐秋菊之落英。」

漢代辭賦流行，魏晉六朝駢文興盛，色麗音和的對偶常常出現於高才文士的錦心繡筆——例如曹植《洛神賦》：

「翩若驚鴻，矯若游龍；榮耀秋菊，華茂春松。彷彿兮若輕雲之蔽月，飄飄兮若流風之回雪。」

南朝以至隋唐，聲律、事類（典故）之學大興，講究翰藻詞華，麗辭巧對，美不勝收！另一方面，自來民間春節，相沿以兩頁號稱「辟邪」的桃木薄板，繪畫「神荼」、「鬱壘」（讀音「伸舒、屈律」）兩門神之像，或者書寫其名字，以驅邪伏鬼，謂之「桃符」，新年之時，「萬戶更新」，志在迎祥納吉。後來漸代以意義更為明確豐富而又相對相偶的兩句文字，就是「對聯」了！

隋唐政治軍事，以北統南；文學藝術，則以南領北。齊梁以來種種技巧，評核於科舉，表現於創作，聲律對偶，共視為傳藝。晚唐溫（庭筠）、李（商隱）、杜（牧）等人，尤稱妙手。五代後蜀君王孟昶，初命學士題字桃符，不滿意而自撰「新年納餘慶，嘉節號長春」兩句，書於門上，就被視為春聯之始。其實前後朝野如此者不少，可想而知。

兩宋繼續尚文，對聯創作更盛，時間不限於新年，書寫不止於桃板；一切樓閣亭臺、山莊水榭、書室廳堂、園林廟宇，都懸聯作飾。無論祝壽賀婚、弔唁頌功、勉勵譏諷、詠史刺時，以至戲謔鬥智，都可視為傳藝。除楹柱、大門常有外，壽、輓、春、喜（婚），無施不可，東坡先生等文學奇才，名高一代，就更多故事附會其身了！

元明兩代，聯作益多，相傳明太祖喜歡作以送人，更曾口試進士，於是風氣更盛。重要是八股試士，對偶聲律的藝術，讀書應試以圖功名富貴者無一不致力鑽研，餘力而為對聯，自然應手得心，無施不可！加上都市興起，印刷術行，加速了交流傳播。清代承之，君如乾隆、臣如紀昀、阮元等酬答應對，傳為美談。咸豐、同治之間，可說是此道的全盛時期，功業聲華名高一代的曾國藩，更是中心人物。流風餘韻，百多年後今天猶多「聯話」之作——當然，隨着時代情勢和士人心力的改變，以此為傳藝者，不能不大大減少，因此也更值得我們注意研究、學習、保存了！

中國語文文學駢散文白分流表

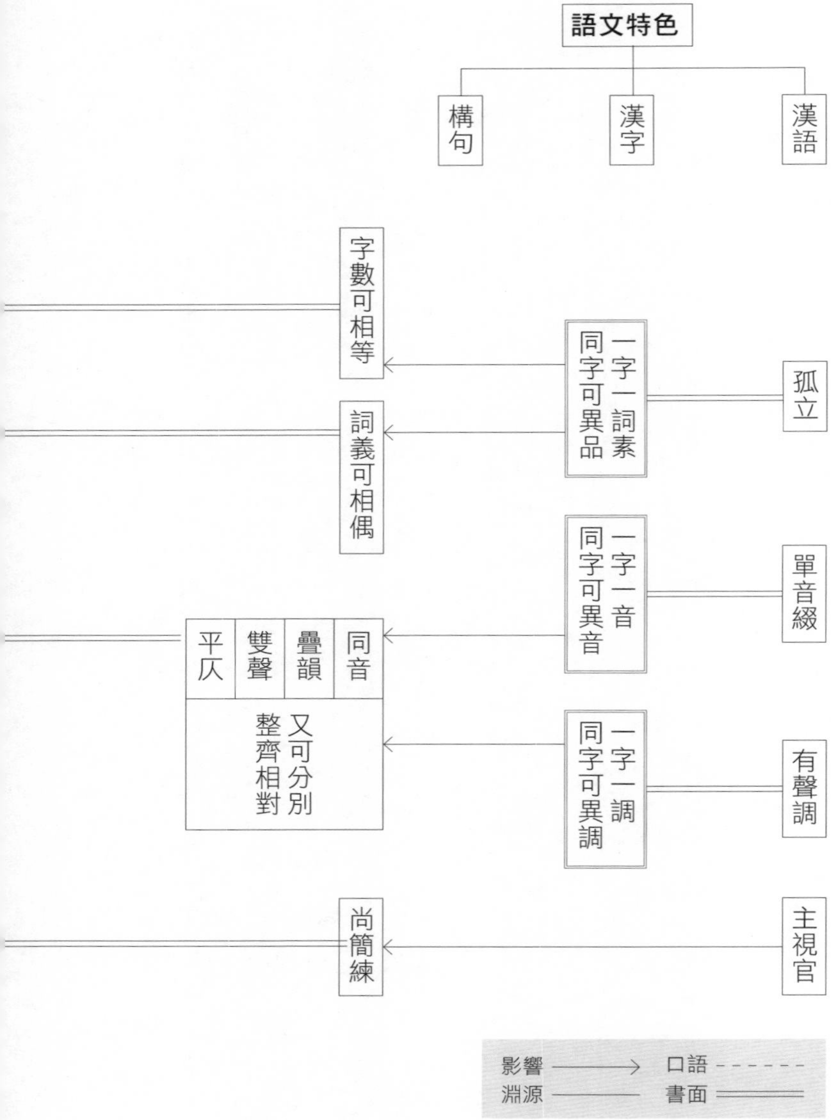

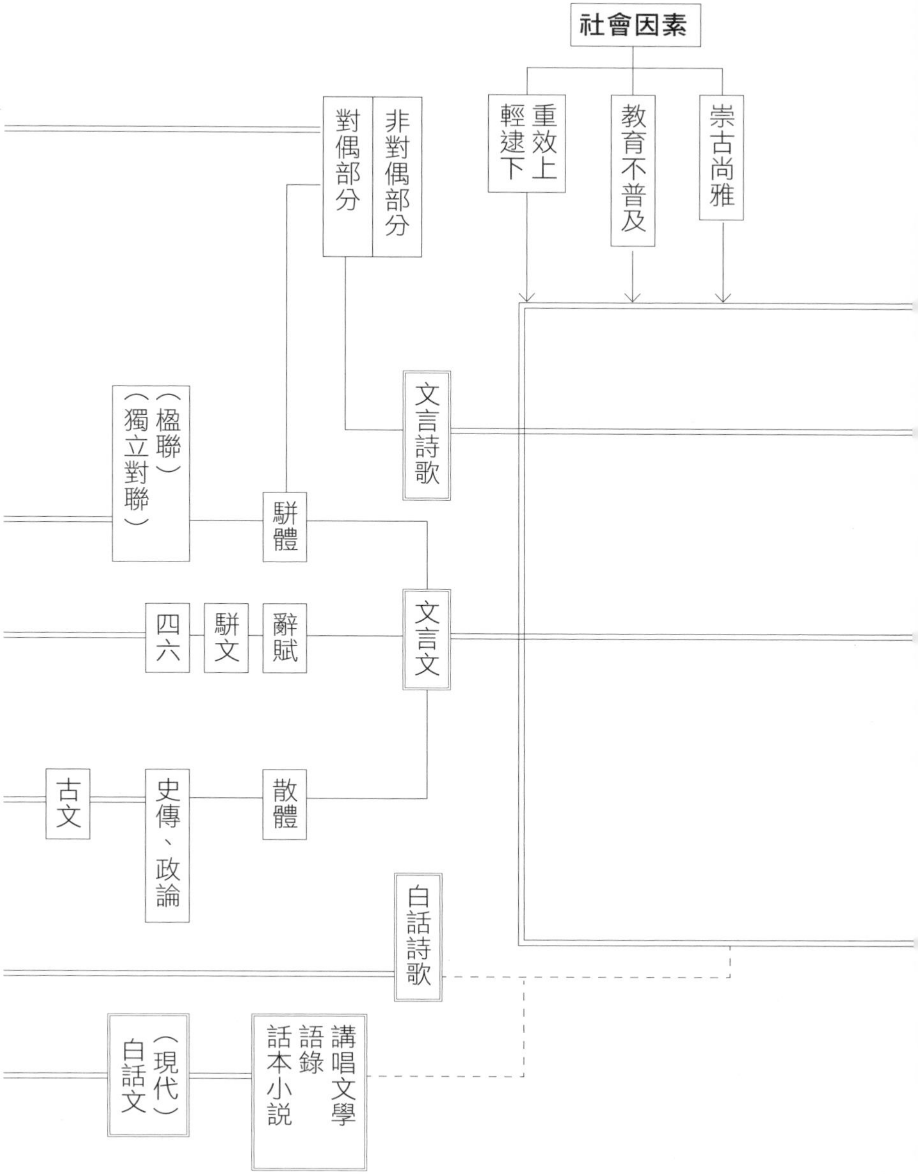
社會因素
重效上輕逮下
教育不普及
崇古尚雅
非對偶部分
對偶部分
文言詩歌
（楹聯）（獨立對聯）
駢體
文言文
辭賦
駢文
四六
散體
史傳、政論
古文
白話詩歌
講唱文學
語錄
話本小說
（現代）白話文

五　對聯結構、規格與撰製原則

本書以下分類所舉許多對聯，雅俗簡繁，莊諧文白，種種都有，也都可視為例證，說明下列規則：

（一）由兩單句以至多個單、複句構成上下聯。

（二）字數、句數、句式、句法，均無限制。

（三）文言、白話、方言、俗語以至取現代作品字句集合重組，均無不可。

（四）上下聯兩者必須相「對」而又有「聯」：

甲、上下聯字數、句數、句法，完全相同。

乙、上下聯相同位置之文字，詞性一致，意義相對或相反而絕不相同、重複，結合表達全聯的總主題。

（五）上下聯重要節奏點的平仄對應，與駢文、律詩絕句相似而較寬鬆。末字一般上收仄以頓逗示「啟」，下收平以示「應」作結，氣足神完。亦偶有上收平而下收仄者，總之不能上下相同。

方式如次：（○平　×仄　——不定）

三字對	四字對	五至七字
——×	—○—×	參考前舉駢文律詩
——○	—×—○	諸例

（六）上下聯如為複句，中間停頓處應與末字相反。方式：

……………○，……………×

……………×，……………○

（以多數常用四字成語及本書所舉類例，特別細參被譽「第一長聯」（《大觀樓聯》）之平仄配布，便可了然。）

（七）撰製原則：

基本要求：一、平仄調協　二、對偶穩妥；上佳期望　三、立意得體　四、自然貼切，雅練清新。

對聯，正如其他文學體式，如果為分類而分類，隨着本質必然是好新喜異，矜誇獨運匠心、別開生面的撰作者魔笛起舞，少不免繁碎枝雜，漫無止境！為免給《文鏡秘府論》「二十九對」之類無辜地嚇怕，不如再看《文心雕龍．麗辭》篇：

故麗辭之體，凡有四對：言對為易，事對為難，反對為優，正對為劣。

言對者，雙比空辭者也；事對者，並舉人驗者也；反對者，理殊趣合者也；正對者，事異義同者也。

〔語譯〕

所以，對偶的體例，共有四種類型——「言對」是容易的，「事對」比較困難；「反對」比較優越，「正對」就算是差劣。

所謂「言對」，是兩句文辭並列成為對偶而不用典故事例。所謂「事對」，是把前人故事一同舉證。所謂「反對」，是上下文事理相反，而其趣相合。所謂「正對」，是事實相異而意義相同。

長卿上林云：「修容乎禮園，翱翔乎書圃。」此言對之類也。宋玉神女云：「毛嬙鄣袂，不足程式；西施掩面，比之無色。」此事對之類也；仲宣登樓云：「鍾儀幽而楚奏，莊舄顯而越吟。」此反對之類也。孟陽七哀云：「漢祖想枌榆，光武思白水。」此正對之類也。

司馬相如《上林賦》：「修容乎禮園，翱翔乎書圃」（帝王在禮儀花園裏打扮，在書籍林圃裏翱翔）——單是文辭，這就是「言對」了。

宋玉《神女賦》：「毛嬙鄣袂，不足程式；西施掩面，比之無色」（毛嬙遮起衣袖，自愧夠不上標準；西施遮掩着面，比起來沒有美色）——都用典故，這就是「事對」了。王粲《登樓賦》：「鍾儀幽而楚奏，莊舄顯而越吟」（鍾儀幽禁在晉，仍然彈奏祖國楚的音樂；莊舄顯達在楚，病中依然吟唱祖國越的歌曲）——幽禁和顯達相反，這就是「反對」了。張載《七哀詩》：「漢祖想枌榆，光武思白水」（高祖懷念家鄉枌榆，光武帝思想家鄉白水）——都是貴為君王，都思念家鄉，這就是「正對」了。

凡偶辭胸臆，言對所以為易也；徵人之學，事對所以為難也；幽顯同志，反對所以為優也；並貴共心，正對所以為劣也。又言對事對，各有反正，指類而求，萬條自昭然矣。

在上列對偶中，像司馬相如，只是直接把對偶的話從心中直講出來，所以是最容易了。像宋玉的人事舉證，靠的是查書本、憑學識，所以是艱難了。像鍾儀莊舄，一個幽禁一個顯達，處境相反，而懷念祖國的心志相同，對比明顯清楚，所以是優秀的修辭手法了。像西漢東漢兩位開國之君，相同的地位尊貴，相同的想念家鄉，「正對」所以是拙劣的重複了。

另外，言對事對，也各有正反兩種。按照這種分類方法去探尋研究，種種對偶型式，就清楚明白了！

是的，「易簡而天下之理得」（《易繫辭》）分之以基本作法，勝於捨本逐末、治絲益棼多了！

對聯實在是極衷誠獨特而貴重的文化禮品，嘔心瀝血地寫給：

一、天地自然（山川勝跡之類）
二、已作古者（詠史、傷逝、祭輓之類）
三、現存者（慶弔、勉慰、譏刺之類）
四、自己（述志、自娛之類）

本書即以向來用途，分七大類選介研賞：勝跡、祠廟、輓祭、妙悟、教勉、嘲贈、巧趣。

除非刻意用字回環啟應，否則一般最忌重複。

對聯的書寫與張掛

一、正式書寫，仍宜毛筆直行，一行不足，另起次行，上端排齊，由右而左。
二、上下聯可分紙分寫、同紙合寫。
三、合寫一紙，可右（上聯）左（下聯）分列，亦可連寫而成一幅。
四、下聯可如上聯之由右至左，亦可改為由左至右，與上聯合掌並列。
五、上下聯如分別張貼或懸掛，以觀者立場（不是對聯立場）應上聯在右、下聯在左。
六、「上款」（接受者名字）通常寫在上聯，「下款」（撰寫者、致贈者名字連同印章）應在下聯。
七、壽聯不宜用亮黃或冷色或白紙書寫，「絕」、「死」甚至「終」等字應避免。
八、輓聯避免用草、篆等不易辨識字體，應用白紙書寫，不裝裱。
九、兩幅以上對聯同掛一面闊牆或門庭左右楹柱，應如合掌下式：

聯一上

聯二上

聯三上
聯三下
聯二下
聯一下

諾獎名人高行健所著《靈山》開首的亭柱兩聯皆為八個字，許多人就錯誤看成不對偶。書中寫到：

碼頭上方，堤岸上，還真有個飛簷翹腳的涼亭，涼亭外擺着一副差不多是空的籮筐，亭裏坐着歇涼的大都是對岸趕集賣完東西的農民。他們大聲聒噪，粗粗聽去，頗像宋人話本中的語言。這涼亭新油漆過，簷下重彩的龍鳳圖案，正面兩根柱子上一副對聯：

歇坐須知勿論他人短處（1）
起步登程盡賞龍溪秀水（2）
你再轉到背面，看兩根柱子，竟然寫道：

別行莫忘耳聞萍水良言（3）

回眸遠囑勝覽鳳裏靈山（4）

你立刻有了興致。渡船大概是過來了，歇涼的紛紛挑起擔子，只有一位老人還坐在涼亭裏。

其實上文是兩幅對聯，（1）與（3），（2）與（4）各成一對，可能是合掌式刻在並列的四條柱上，所以書中主角有此誤會。大概不是該書作者高行健的誤會吧。

分類——賞析

一 勝跡

1.01 滇池大觀樓長聯——天下第一？

「天下」這詞，數千年來華人慣用，往往早已不自覺地過分誇張，其實一般只是：中國。改稱「海內」——「皆兄弟也」的「四海之內」，不亢不卑吧。

對聯，不論短長，自然絕大部分產於中國。不過藝文之事，不像賽跑、跳高、潛水，可以論秒計尺，可以量化計時——所以，怎樣算是「第一」？

字數最多、所以最長？不是。而且，只要肯堆砌，後來者一定居上。因此，永遠難有「天下第一」。

論藝術、論思想？那就更難劃一標準來衡量了！

不過，倘若我們同意：觸景可以生情，哲理可以化情；道家式的，以逍遙觀賞來開解感傷頹廢，是中國傳統文藝主調。至於積極進取、樂觀向上者，即使對此疵叱之為「病態」、「頹廢」，也不能否認：它確實震心弦、安魂魄。它確實美。

美就構成藝術。藝術往往產生於苦悶。人生幾許失意，乖曲悖謬的社會、政治，定必使人無限痛苦。沒有強固的宗教式信仰以安身立命，不懂投資，不甘投機，而又不想——暫時不想——投湖的落魄文人，除了放筆抒懷、長歌當哭之外，又再能做甚麼呢？

於是就有這首傳誦已經三百年：一百八十字，孫髯翁的《昆明滇池大觀樓》長聯之中，向稱第一。

它不是最長，但是迄今為止，最為動人而有名。——未看作品、未窺作意、未析作法，先簡介作者。

不論本書體例、實際資料，都不能不「簡」。孫髯，字髯翁，號頤菴，祖籍陜西三原，隨武職父親定居雲南。約生於康熙五十年（一七一一），卒於乾隆四十年（一七七五）（各書異記，未確考）。六十多年間，是清朝最盛之世。他又聰穎好學而極能文，藏書讀書多，唱酬朋友也不少，奇怪是沒有隨眾考科舉、鑽官場，以「萬樹梅花一布衣」的自號終老。家道中落、貧病潦倒，以賣卜為生，就所居峯台自號「咒蛟老人」，晚依兒女以終，著作多已散佚。《大觀樓長聯》就是他留給中華文化的珍貴遺產。

傑作沒有帶給作者生前富貴，卻不久就有長久的死後名聲。晚他大半世紀的顯宦阮元，也是經學名宿，任雲貴總督時，認為孫聯某些字詞虛實對仗未盡工穩，而下聯歷敍漢唐宋元盛衰，勢必令人想到滿清當朝，善於伺窺上意的他大感不妥，於是多處修改，結果大惹譏嘲，說是「點金成鐵」。惟有其徒梁章鉅在《楹聯叢話》中回護。阮元一離任，當地人就再懸原作了。

（平〇　仄×）

簡釋	上聯	下聯	簡釋
中國西南第一大湖位雲貴高原，周圍廣五百餘里，清初以後疏浚而漸小	五百里滇池 ××〇〇	數千年往事 〇〇××	
奔字極富動感	奔來眼底 〇　×	注到心頭 ×　〇	歷史長河潮流點滴都在識者之心
敞開衣襟，推高頭巾	披襟岸幘 〇〇××	把酒凌虛 ××〇〇	把酒望天，欲訴衷曲
喜、歎、看想，以至下文梳裏就、卷不及、莫辜負、只贏得等領字領詞，靈巧流轉	喜茫茫空闊無邊 〇〇　×　〇	歎滾滾英雄誰在 ××　〇　×	人間一切是非、得失、成敗、興亡，轉眼都成過去

簡釋	上聯	下聯	簡釋
金馬山在東，如神駒昂首奔馳	看東驤神駿 ○ ×	想漢習樓船 × ○	漢武帝一代雄君，擬通身毒（印度）、大夏（阿富汗）而阻於雲南，故建昆明於長安，造樓船、練水兵，其後滇王雖服，而漢祚亦不能久
碧鷄山在西，如展翅欲起，道教稱鷄曰靈儀	西翥靈儀 × ○	唐標鐵柱 ○ ×	唐與吐蕃、南詔爭為雄長，立銅（鐵）柱以示界耀功終
黑蛇山在北，曲折而來	北走蜿蜒 × ○	宋揮玉斧 ○ ×	宋太祖知國力不逮，執文房小斧沿大渡河劃界，知此外非吾所有
白雪山在南，如高空飛鶴	南翔縞素 ○ ×	元跨革囊 × ○	蒙古以皮筏渡江

（續上表）

簡釋	上聯	下聯	簡釋
	高人韻士 ○×	偉烈豐功 ×○	征服雲南馬上得天下，亦不能馬上治之
	何妨選勝登臨 ○×○	費盡移山心力 ×○×	
高處下望，滇池小島如蟹如螺浮於水面	趁蟹嶼螺洲 ××○○	儘珠簾畫棟 ○○××	化用王勃《滕王閣序》篇末之詩，以示富貴短暫而自然恆久，人力逞強終敗於天
輕霧微雲飄過其上，如美人鬢鬟	梳裹就風鬟霧鬢 ○○××	卷不及暮雨朝雲 ××○○	
近岸水草蘆葦繁密，彌望似與天相連	更蘋天葦地 ○○××	便斷碣殘碑 ××○○	雖立圓碣方碑以記功，終亦斷殘

簡釋	上聯	下聯	簡釋
忽有翠羽小鳥飛向天邊紅霞，近觀與遠景於是連繫	點綴些翠羽丹霞 ××○○	都付與蒼煙落照 ○○××	只在夕陽、蒼煙之中構成淒清景象
	莫辜負	只贏得	人與天、力與命的賭博一次又一次，最後當然都輸——贏的留下的只是：
秋初稻熟，田疇飄香	四圍香稻 ○×	幾杵疏鐘 ×○	禪院鐘聲的幾下警醒，
冬時水退，晴沙廣遠	萬頃晴沙 ×○	半江漁火 ○×	漁釣苦辛歸來，還要飯炊補網的無盡勞累，
夏日悠長，菡萏飄香	九夏芙蓉 ×○	兩行秋雁 ○×	南北萬里，無休無止的候鳥辛勞，
初、仲、暮春，楊柳依依	三春楊柳 ○×	一枕清霜 ×○	黃粱夢醒，一切功名富貴都成幻景的徹底空虛！

上聯以恢宏氣象的滇池開始，一個「奔」字，充滿動感地連繫主（人）客（地），後世歌曲師此故智以發端警遒者，正不在少。與下聯相同位置、平仄對偶的「注」字，同為眼目所在。披襟當風，推起頭巾遠眺，引起描寫四周圍山景的四排句，與下聯對等位置敍述四朝功業者二四音節位置平仄嚴謹對偶，亦與整副長聯最重要節奏點的方式相同——即：「仄平平仄」與「平仄仄平」交替相對（第一句與第二句，第三句與第四句）相黏（第二句與第三句），靈活而整齊，展衍有度，「驤」「翥」「走」「翔」四個動詞描寫山勢之活，實是聖手。然後一個散句靈活轉接，下開登臨所見，又兩個整體大聯中的小聯，刻劃俯察、仰望、遠眺、近觀，最後「莫辜負」三字領起，又一個四排句收結上聯。

下聯由景生情，抒發感慨，《漢書．藝文志》承劉歆《七略》，謂「道家者流，蓋出於史官」，人或疑其無據，其實讀史愈多，愈易發現「力」與「命」的矛盾，人類權勢野心無限膨脹之害人害己！本聯從「注」字點滴引發，以自漢迄元四朝之經略滇池地域為例，一時之功或有或無，最後定必都成塵跡，繁華事散，流水無情，徒苦生靈，只惹感慨！

全聯用字精練，運典適切，聲調諧協，活用偶對「平開仄合、仄放平收」之律，輔以兩三轉接「領字」，抑揚鏗鏘，流利自然，中間又各有短聯，自成佳對，實在是傳統長聯典範，無怪三百年來廣泛流傳，甚至譽為第一！

1.02 昆明西山華亭寺　（明　楊慎）

一水抱城西，煙靄有無，拄杖僧歸蒼翠外；
　××○○　×○　×○×
羣峰朝闕下，雨晴濃淡，倚闌人在畫圖中！
○○××　○×　○×○

河水彎彎繞着城西，拄杖僧人慢慢從蒼茫遠處歸來；遠近群峰，在晴雨遠近煙靄有無之中，擁戴着、朝拜着城闕，寺裏亭間，有人憑欄遠眺，整體組合成一幅宋元名家的淡墨山水圖卷。

詩人楊慎，字用修，號升菴，明武宗正德時，廷試第一，後來參與編述皇帝實錄、議論大禮，都耿直不畏權勢。在那個乖曲悖謬、暗無天日的時代，自然受盡折磨痛苦，在謫戍雲南逝世。他利用投閒置散的日子，盡量讀書寫作，記誦着述之富，被推為明朝第一。

1.03

貴陽城北關頭橋

說一聲去也，送別河頭，歎萬里長驅，過橋便入天涯路；
○××　××○○　×○　○××○○×

盼今日歸哉！迎來道左，喜故人見面，握手還疑夢裏人！
×○○　○○××　○×　×○○××○

文字淺白，善表迎來送往深情。

1.04 四川桂湖楊慎舊館（清　曾國藩）

五千里秦樹蜀山，我原過客；
×　○　○××
一萬頃荷花秋水，中有詩人。
○　×　×○○

剛剛經過了五千里陝西的樹、四川的山，人生匆匆，又一段忙碌奔波的日子；此刻欣賞着一萬頃的荷花秋水，徜徉在舊館風光，彷彿依然瞻仰到那位前代詩人。

在舊館散步沉思的曾滌生，會不會想：自己事奉的王朝，幸好還算多多勝於前代？

1.05

四川望江樓

漢水接蒼茫，看滾滾江濤，流不盡雲影天光，萬里朝宗東入海；
×〇〇，××〇，×××〇，×〇××

錦城通咫尺，聽紛紛絲管，送來些鳥聲花氣，四時佳興此登樓。
〇××，〇〇×，〇〇〇×，〇×〇〇

上聯「望江」，下聯「登樓」，用杜詩《贈花卿》首句。成都繁花吐艷，故稱「錦城」。

1.06

江西滕王閣　（清　劉坤一）

興廢總關情；看落霞孤鶩、秋水長天；幸此地湖山無恙；
×〇〇；〇×，×〇；×××

古今纔一瞬；問江上才人、閣中帝子：比當年風景何如？
〇××；×〇，〇×；〇〇〇

四十二字，濃縮一篇《滕王閣序》。「落霞與孤鶩齊飛，秋水共長天一色」，是序中寫景名對；「閣中帝子今何在」，是序後詩中感歎。作者初唐四傑之首王勃，至晚清劉氏之世，又逾千年，幾度滄桑，感慨無已。

1.07 杭州飛來峰靈隱寺冷泉亭

泉自幾時冷起？
峰從何處飛來？（舊題兩問）
泉自有時冷起，
峰從無處飛來。（晚清俞樾應妻之問而答。）
泉自冷時冷起，
峰從飛處飛來。（俞妻改答，皆據俞樾《春在堂隨筆》。頗有佛家機鋒禪趣。）

暫未確考者尚有他處所記，如：

在山本清，泉是源頭冷起。
入世皆幻，峰從天外飛來。（左宗棠）

菩薩也具熱腸，泉水何嘗着意冷；
世界分明實地，此峰怎見是飛來？（林啟？）

泉在山中，自是清流甘冷落；
峰高世外，孰從飛去悟來因！

1.08

西湖平湖秋月（清　彭玉麟）

憑闌看雲影波光，最好是紅蓼花疏、白蘋秋老；
○ × ○ × × ○ ○ ×

把酒對瓊樓玉宇，莫孤負天心月到、水面風來。
× ○ × ○ ○ × × ○

晚清湘軍名將彭玉麟，善繪畫吟詠。其人允文允武，其作如畫如詩。

1.09

西湖平湖秋月御書樓

穿牖而來，夏日清風冬日日；
×○×○××
捲簾相見，前山明月後山山。
○×○×○○

安處樓中，炎夏的解暑清風，寒冬的溫煦陽光，都穿牖而來，捲起簾來，人與前山明月，後山峰巒都可相見，可謂風暘適意，山月有情。

1.10 南京玄武湖（清　彭玉麟）

大地少閒人，誰能作風月佳賓、湖山賢主？
×○○　○×○○×
前朝多勝跡，我愛此荷花世界、鷗鳥家鄉。
○××　×○××○

常人每為衣食、名利、權勢等之需求而忙亂少暇，辜負大自然的無邊風月、秀麗湖山。唯有心境兩閒之人，能與湖山風月為友，互作主賓；遇荷花則賞其亭亭淨植，見鷗鳥則羨其逍遙御風，無往而不得自然之趣。《列子．黃帝篇》：海畔有人常與海鷗相友，偶動機心惡念，欲加捕囚，鷗鳥即飛翔不下。王維《積雨輞川莊作》末句：「野老與人爭席罷，海鷗何事更相疑」，表示自己早已退出權利鬥爭之場。希望他人不再猜忌。彭聯意趣，亦有與此相通。

又杭州西湖亦有彭作同此，但「前朝」改為「六橋」。

1.11 金陵莫愁湖

世事如棋，一着爭來千古業；
××○○　×　○○××
柔情似水，幾時流盡六朝春！
○○××　○　××○○

上聯十一字，整部人類政爭史；下聯十一字，千套都市繁華戲。

金陵、建康、建鄴、臺城皆今南京古名。三國之吳，其後之東晉、劉宋、南齊、梁、陳，先後以此為都，合稱「六朝」。建政於長江中下游之地，倚為天塹。山川秀麗，民殷物阜，金粉繁華，於是苟安腐敗，文恬武嬉，最後滅於北方政權，而下開隋唐大一統之局。

韋莊詩云：江雨霏霏江草齊，六朝如夢鳥空啼；無情最是臺城柳，依舊煙籠十里堤。

1.12

莫愁湖　（清　彭玉麟）

王者五百年，湖山具有英雄氣；

×　○　×

春光二三月，鶯花合是美人魂！

○　×　○

《孟子．公孫丑下》：「五百年必有王者興」，周朝分封建國，秦行郡縣直轄而短祚，繼之前後兩漢、唐宋元明，無一可過三百年者，其他英雄割據而速亡者更多。就精通經史，兼資文武之彭玉麟在此六朝故都之地，憑弔抒懷，自多感慨，不如好趁江南草長，雜花生樹，群鶯翔飛的春光明媚之際，又一次省悟。所謂美人英傑，花香鳥語，俱不過是百代過客，一剎那之在於永恆。

1.13 莫愁湖 又一首

勝地足流傳，直博得一代芳名，千秋艷說，
×○○　×○○×
賞心多樂事，且看此半湖煙水，十頃荷花。
○××　○××○

人為萬物秀靈，既感歷史滄桑，亦欣藝術佳美，登山臨水，賞心悅目，於是抒懷命筆，又有佳聯。

1.14 金陵湖南會館（清 曾國藩）

地仍虎踞龍蟠，洗滌江山，重開賓館；
××○×○○×
人似澧蘭沅芷，招邀賢俊，閒話鄉關。
○○×○××○

南京紫金山環繞城郭，石頭城屹立其西，自古有「龍蟠虎踞」之稱。時曾國藩所建立和領導的湘軍已克太平天國，故說「洗滌江山」。湖南湘楚之地，蘭芷香草，生於澧沅江河，亦是鄉關本色。

1.15 岳陽樓（清 何紹基）

一樓何奇！杜少陵五言絕唱，范希文兩字關情，滕子京百廢俱興，呂純陽三過必醉，詩耶？儒耶？吏耶？仙耶？前不見古人，使我愴然涕下；

諸君試看：洞庭湖南極瀟湘，揚子江北通巫峽，巴陵山西來爽氣，岳州城東道岩疆，瀦者、流者、峙者、鎮者，此中有真意，問誰領會得來？

上聯聚焦、串連了有關岳陽樓的名作名人：詩聖杜甫的「吳楚東南坼，乾坤日夜浮」五律佳篇，范仲淹《岳陽樓記》「憂以天下，樂以天下」的真儒襟抱，記中所述朋友能吏滕子京的利眾裕民，呂洞賓的醉酒仙跡，發抒陳子昂名言「前不見古人」的歷史感慨。

下聯以樓的四周湖、江、山、城種種自然景觀，寫天地恆久之美，喚同大家領會。

整體來看，是一位清代小學專家、書法大師、詩文高士選用科舉八股的謀篇鎔裁、辭賦的鋪排展衍所作的一個濃縮示範。

1.16 岳陽樓

四面湖山歸眼底，
×○××

萬家憂樂到心頭。
○×○○

此聯十四字道出《岳陽樓記》一篇主旨。首先是精簡地敍述交代「人」、「地」、「事」，然後因事及景，由景生情，分作「陰雨悲憂」與「晴明喜樂」對比，然後急轉提升收入「仁人之心」，一聲長歎，化情以理，提升到讀聖賢書應有的最高境界。

獲得舊日人臣謚號最高榮譽「文正」公的范仲淹（989-1052）向來備受崇敬，是一位富有責任感、憂患意識和福國利民志節的一代真儒。《岳陽樓記》文暢意雅，志高言摯。清金聖歎《天下才子必讀書》（第十五卷）盛推他「以聖賢學問，發為才子文章」。本書此處幾則名聯都關乎此文，篇幅不長，既善且美，宜自詠味。

1.17 岳陽樓 （楊度）

風物正淒然，望渺渺瀟湘，萬水千山都赴我；
×〇〇××〇×〇××

江湖常獨立，念悠悠天地，先憂後樂更何人！
〇××〇〇×〇×〇〇

北宋范仲淹的名言：「先天下之憂而憂，後天下之樂而樂」，真正儒者的偉大襟懷，載於所撰《岳陽樓記》，其文其樓，亦以此而輝煌千古。湖南湘潭楊度亦如其師王闓運之熱中於張良、陳平以至諸葛孔明之策士國師，以縱橫奇計輔聖明之君，成帝王之業。民初以來，洪憲帝制之籌謀鼓吹，失敗後一度學佛而近入禪宗，以至後來新興政黨之糾纏分合，都多有牽涉。他自覺憂勞國事，而人多誤解，於是撰此以抒感慨。

《楊度集》頁四載其臨終前數日自撰輓聯：

帝道真如，如今都成過去事；

醫民救國，繼起自有後來人。

1.18 黃鶴樓 （清 李聯芳）

數千年勝蹟，曠世傳來，看鳳凰孤岫，鸚鵡芳洲，黃鵠漁磯，晴川傑閣，好個春花秋月，只落得賸水殘山，極目古今愁，是何時崔顥題詩，青蓮閣筆？

一萬里長江，幾人淘盡，望漢口斜陽，洞庭遠漲，瀟湘夜雨，雲夢朝霞，許多酒興詩情，僅留下荒煙晚照，放懷天地窄，都付與笛聲縹緲，鶴影蹁躚。

樓在鄂州（武昌）城西南角蛇山之黃鵠（鶴）磯，始建於三國吳黃武二年（223），其後屢燬屢建十餘次。前人附會神仙（王子安？費文禕？）曾騎鶴過境憩此，唐崔顥以此為題而有名作，舊說又謂李白因而擱筆另作《登金陵鳳凰臺》，李氏同治進士，用此鋪寫成聯，雖乏新趣深意，而圓熟可誦。

1.19

黃鶴樓 （清 張之洞）

昔賢整頓乾坤，締造都從江漢起；
○×○×○×○××
今日交通文軌，登臨不覺亞歐遙。
×○×○×○×○○

黃鶴樓居長江漢水之交，中國腹心要地。《禮記·中庸》：「今天下車同軌、書同文、行同倫」，學者以為數語應出秦漢天下統一之世。晚清西潮激蕩，天朝自大、閉關獨守之局既破，國人胸襟眼界大開。張之洞英年早達，力主通經培才，「中學為體、西學為用」以強國。撰此聯時，任湖廣總督，吐屬氣魄，切合時勢身份。

1.20

黃鶴樓　（宋　蘇軾）

爽氣西來，雲霧掃開天地憾；
×○×○××
大江東去，波濤洗盡古今愁。
○×○×○○

《禮記．中庸》：「天地之大也，人猶有所憾」；大江流日夜，而人物情仇俱隨之而去，亦自孔子「逝者如斯夫！不舍晝夜」（《論語．子罕》）名言之後，同感而回應者無數，坡公《念奴嬌》（赤壁懷古）詞即是千載傳誦一例。

1.21

黃鶴樓（清 彭玉麟）

心遠天地寬，把酒憑闌，聽玉笛梅花、此時落否？
○×○×○○×

我辭江漢去，推窗寄語，問仙人黃鶴，何日歸來？
×○×○××○

上詠物我之情，下作天人之問。

1.22

潼關城樓

華岳三峰憑檻立，
×○××

黃河九曲抱城來。
○×○○

西嶽華山巍峩高峻，東（朝陽）南（落雁）西（蓮花）三峰壁立千仞，特別雄奇；黃河在下，南流突折而東流，奔向遠方大海，潼關、函谷皆建於此，「憑」「抱」二字具見形勢之勝。

1.23 遊泰山集句　（清　彭玉麟）

我本楚狂人，五嶽尋仙不辭遠；
×○○　×○　×

地猶鄹氏邑，萬方多難此登臨！
○××　○×　○

上聯上下：均出李白《廬山謠》，彭玉麟本湘軍名將，心存魏闕，羈身於戰爭殺伐，而江湖情重，不忘山水逍遙。

下聯上，唐玄宗《經魯祭孔子而歎》，切泰山地，時太平軍定，而捻黨動亂仍未解決，故下句用杜甫《登樓》「花近高樓傷客心」次句。

1.24 濟南大明湖 （清 劉鳳浩）

四面荷花三面柳；
×○××
一城山色半城湖。
○×○○

此聯自然工巧而貼切美景，喜愛者自然不限本地人士了。

1.25

大明湖

舟行着色屏風裏；
○×○×
人在迴文錦字中。
×○×○

山色雲光，是天設的屏風着色；輕波細浪，是湖鋪的錦字回文。

1.26

江西奉新九天閣（清　曾國藩）

百戰山河，賸此樓頭煙樹；
×○×○×
九天珠玉，吹成水面文章。
○×○×○

太平天國之役稍息，賞此自然佳美境界。

「咳唾落九天，隨風生珠玉」、「好鳥枝頭亦朋友，落花水面皆文章」——這些都是學詩者習熟之句，此取以融鑄而成下聯。

1.27 廬山簡寂觀（清　李漁）

天下名山僧佔多，也該留一二奇峰，棲吾道友；
× ○ ○ ○ ×○○ ○ ×

此間好語佛說盡，誰識得五千妙論，出我先師！
○ × × × ○×× × ○

五千，《老子》（《道德經》）五千言，先秦道家哲理要籍，東漢以後，道教流行，亦奉之為宗教聖典，與自天竺經西域傳來而大盛之佛教競爭二千餘年，各造經典，而教理亦有分流，有並行，有融合。

「觀」，道教修學之所。「簡」則不繁不煩，「寂」則不擾不鬧，道家道教，皆重此理。

1.28

廣州東園酒家　（江孔殷）

立殘楊柳風前，十里鞭絲，流水是車龍是馬；
○×○　×○　×○××
望盡玻璃格裏，三更燈影，美人如玉劍如虹。
×○×　○×　○×○○

或謂此地原為民初風月遊宴場。上聯末句變李後主詞原來顯喻（「車如流水馬如龍」）為隱喻，以與龔自珍（定盦）參禪悟道以《夜坐之二》詩（「萬一禪關砉【音或，骨肉相離聲】然破，美人如玉劍如虹」）描寫頓悟境界者相偶云。參看梁羽生前輩《名聯觀止》第四七二節解說。

1.29 廣州五層樓 （現代 胡漢民）

五嶺北來，珠海最宜明月夜；
×〇×〇××
層樓晚望，白雲猶是漢時秋。
〇×〇×〇〇

由湘南而粵北，山勢綿延為大庾、始安、臨賀、桂陽、揭陽等五嶺，故廣東稱為「嶺南」。廣州市南江中沙洲形圓如珠，故又有「海珠」、「珠海」之稱。時民國初建，清廷遜位，中山先生在粵，胡漢民為佐，此聯下半故以「明」「漢」為偶，或有聯想。

1.30 廣州鎮海樓　（清　彭玉麟）

萬千劫，危樓尚存；問誰摘斗摩霄，目空今古？

○×　○　○×○　○×

五百年，故侯安在？使我倚闌看劍，淚灑英雄！

×○　×　×○×　×○

樓高五層，明初永嘉侯朱亮祖鎮穗時建於越秀山巔，信術數者謂可以鎮地方之氣。「劫」是梵語「劫波」之省，本義：世界若干萬千年毀滅一次而又重生，借解為時間洪流中無數災難。

人心慕向高處摘星，永難饜足。倚欄，所以眺遠而沉思；看劍，所以征服殺戮而不免傷人害己。最後乃知盛勢無一可久，而人世空虛，功名皆幻，以此呼應上聯，無限感慨！

1.31 彌勒佛聯

大肚能容，了卻人間多少事；
×○×○××
滿腔歡喜，笑開天下古今愁！
○×○×○○

袒胸露腹、慈眉善目、笑口常開，經常背着大布袋的五代浙江奉化和尚契此，是中國民間供奉的彌勒佛、日本七福神之一，「布袋」變音的 Hotei 等等的原型，對聯中語句意義相似的也不少，例如：

大腹能容，容天下難容之事；
慈顏常笑，笑此間可笑之人！

佛教以一切名相差別為人心所現的虛幻假像，務須泯除以求自在解脫，說得虛玄高妙，問題是如何、能否以至應否做到。一說彌勒佛是五十六億年後如來佛的接班，因此又成民間革命的寄託。

二 祠廟

2.01 陝西蘇武廟 （清 馬以貞）

三千里持節孤臣，雪窖冰天，半世歸來典屬國；
××○×○××○××
十九年託身異域，韋鞲毳幕，幾人到此悔封侯！
○○×○×○×○○

蘇武字子卿，漢武帝時，父建隨衛青擊匈奴有功，因仕為郎，天漢初（公元前一百）以中郎將出使匈奴，單于欲降之而不屈，於是被囚大窖中，絕飲食，武並咽氈毛與雪，又被徙北海（即今貝加爾湖）無人地區牧公羊。匈奴安排如此，謂全是公羊而能生小羊，乃放蘇武回國。武操持漢節，起臥不離，以示忠貞。留匈奴十九年，至昭帝繼位，與匈奴和親，索蘇武，匈奴謊言已死。先武而回者常惠教使者告匈奴，謂漢帝射獵上林得雁，足繫帛書，知武在沼澤中云云。匈奴驚訝，武遂得還。功拜「典屬國」（屬國外交事務長官），韋，去毛獸皮。韝，套袖。毳，鳥獸細毛，音脆。晚唐溫庭筠七律《蘇武廟》：

蘇武魂消漢使前，古祠高樹兩茫然。
雲邊雁斷胡天月，隴上羊歸塞草煙。
回日樓臺非甲帳，去時冠劍是丁年。
茂陵不見封侯印，空向秋波哭逝川！

筆者以唐詩原韻（前、然、煙、年、川）語譯，試比較意趣，可與本聯並讀。

當日蘇武心魂激動，在來接他回國的漢使之前，
（千載之後的今天）我來憑弔他廟宇的古祠、高樹，

（……古今、成敗、是非、得失……）一切都兩兩茫然！
（十九個春秋的守節、堅貞，真是可歎可敬啊！）
雲天晚望，胡邦的月缺又圓，雁書卻未嘗能通；
薄暮羊歸，塞草衰而又綠，返國之望卻也無期！
（忽然，漢使來了！真的返家了！）
回來祭謁，先帝的樓臺已非當年主上的甲帳，
離開之際，一貫佩劍，自己猶為丁壯之年！
到茂陵朝見先王，已經見不到酬功封侯的寶印，
空自向滔滔江水，感泣時光消逝，恰似河川！

2.02

留侯廟

椎擊則剛，箸籌則柔，智勇在豪俠聖賢之間，豈獨項王莫能敵？

○　○　○　×

報仇而來，託仙而去，品節出富貴功名以外，自非漢祖所得臣。
○　×　×　○

張良先代戰國時韓人，為報亡國之仇，曾散家財得力士狙擊秦始皇於博浪沙，誤中副車，於是亡匿。得圯上老人傳授《太公兵法》，佐劉邦滅項羽，封為留侯，晚年好黃老之術，託辭學神仙而歸隱，避去開國雄君誅功臣之禍。參看蘇軾名篇《留侯論》。

2.03

張良祠

明哲保身超富貴，
×○××

英雄退步即神仙。
○×○○

兔死狗烹，鳥盡弓藏，上代文種，當時韓信，皆不免功臣見誅於雄猜之主。急流勇退（「退步」一作「回首」），見危難於未形，豈止是能克制本身名利之欲的英雄，簡直是洞燭機先、逍遙自由的神仙了！

2.04 浙江天台山鵜鶘峯桃花夫人祠 （清 江湘嵐）

是天台古洞煙霞，睠念舊遊，蓬山此去無多路；
○ ○ ×

問當日楚宮心事，淒涼故國，鵜鶘前頭不敢言。
× × ○

息國君妻極美，稱「桃花夫人」，楚文王遂滅息而奪之，生二子（見《左傳・莊十四年》）。

夫人劫後一直閉口不言。上聯末句用李商隱《無題》（相見時難別亦難），下聯末句用朱慶餘《宮中詞》（含情欲說宮中事，鸚鵡前頭不敢言），都是不幸的絕世佳人的泣血！

唐王維《息夫人》詩：
莫以今時寵，能忘舊日恩；
看花滿眼淚，不共楚王言！
杜牧《題桃花夫人廟》：
細腰宮裏露桃新，脈脈無言幾度春；
至竟息亡緣底事，可憐金谷墮樓人！

筆者用唐詩原韻（新、春、人）語譯小杜之詩如下：
喜好細腰而宮中已多餓死的楚王，最近的戰利品息夫人，
像帶露桃花般嬌美鮮新；
歸楚之後，生兒子，過生活，只不過堅持閉口不言，又過了不知多少個沉默的春；
畢竟息國早就亡了。為甚麼呢？一位當時無能為力而又不能置身事外的極可愛而又極可憐的女人，能做甚麼呢？——不過最可惜也是最可憐的是，後來那位在

金谷園裏，最關鍵時刻作出最終極抉擇的綠珠，那位墮樓的佳人！

2.05 蕪湖劉備（孫）夫人祠　（明　徐渭〔文長〕）

思親淚落吳江冷，
○×○×
望帝魂歸蜀道難。
×○×○

劉備娶孫權妹以示吳蜀抗曹聯盟之好。政治婚姻不久即因荊州之爭而決裂。孫夫人回吳。其後關羽被殺，劉備復仇征吳而敗，病死白帝城。明代藝文全才徐渭據此為聯。西蜀古有望帝杜宇，失國死而化為啼血之杜鵑。中原入蜀之道險阻艱難，李白以此為題的名作即謂「難於上青天」，下聯七字鎔鑄諸典以配上成對。語精情切，韻味長深，可謂淒怨纏綿！

2.06

浙江仙霞嶺關帝廟（清 周亮工）

拜斯人，便思學斯人，莫混帳磕了頭去；

入此山，須要出此山，當仔細捫着心來！

此聯俗白語調相對而平仄不嚴。以人心為根本，以道德為身教，賢哲英傑，死而為神，種種理念，都是中國社會傳統信仰。作者死明清之際，尤多時代衝擊。

2.07

孔明廟（集句）

自任以天下之重如此（《孟子・萬章上》）

× × ×

是知其不可而為之歟（《論語・憲問》）

○ ○ ○

上敬其責任之感，下仰其奮鬥之心，孔明先生有知，必歎為知己！

2.08

諸葛亮廟

可託六尺之孤，可寄百里之命——君子人歟？君子人也！
○ ×
隱居以求其志，行義以達其道——吾聞其語，吾見其人。
× ○

諸葛亮飽受後人崇敬懷念，如詩聖杜甫即多詠唱，主要不在文韜武略之奇，而在承諾之忠、道義之篤。初本布衣，隱居而不苟求聞達；及劉備求之以誠、示之以志，然後感動出山，終生效力——如下聯所寫：及白帝城託孤之後，六出祁山，鞠躬盡瘁，不負故人相知——如上聯所言。

古謂「人長八尺，故曰『丈夫』」，又有「昂藏七尺之軀」，「應門五尺之童」等語，經典所述文制以周為宗，周尺約當宋時布帛尺七十五分弱。（參看商務一九三八年版楊寬《中國歷代尺度考》），則「六尺之孤」想等於英呎或公尺若干，可以推知。

2.09 成都武侯祠　（清　趙藩）

能攻心、則反側自消，從古知兵非好戰；
○　　　×　　○　　×　　○　××

不審勢、則寬嚴皆誤，後來治蜀要深思！
×　　　○　　×　　○　　×　○○

四川盆地易守難攻，人眾而物饒，號稱「天府之國」，常生割據。治者過寬則縱惡、過嚴則激反；審時度勢，得其中道，乃有平安。本聯以此立意，稱道孔明「開誠心、布公道」，安蜀以謀「興復漢室、於還舊都」，於是吏民衷心誠服，感念長久！推廣同理、同情的天下公心，其他時空的政府人民關係，最好也是如此安頓。

2.10 奉節武侯祠

日月同懸出師表
×〇×

風雲常護定軍山
〇×〇

舊日政府特重「君臣」一倫，以利統治。下聯即李義山《籌筆驛》次句「風雲常為護儲胥（軍中藩籬）」之意。

2.11 南陽臥龍崗武侯廟

臣心未了三分事；
○ × ○×
天意難知五丈原！
× ○ ×○

劉備三顧草廬，諸葛亮《隆中對》「先謀鼎足三分，然後聯孫破曹，最後興復漢室」，是為整個籌策。不幸關張無命，孔明雖管樂有才，而食少事繁，天年不永，同情蜀漢者視為長憾。

五丈原，亮最後屯兵與司馬懿相持，最終病歿之所。正史《三國志．蜀書》本傳所記，已精雅評審，立言得當。《演義》小說鋪排渲染，更增感人。歷代詩人自杜甫、李商隱等名家詠歎，尤多傳世之作。總之，其最偉大處在知命守義，盡人事以求心之所安，成敗利鈍缺憾還諸天地，此中華儒學文化之真精神。本聯立意以此，而工整精要。

2.12 巫山關羽廟

山勢西來猶護蜀，
×○×

江聲東下欲吞吳。
○×○

上聯借四川盆地而依形立勢，下聯因大江東去而繪影繪聲，作者為愛關公者出氣，但吳人又何以堪？

2.13 杭州關廟

先武穆而神：大漢千古，大宋千古；
××○××××

後文宣而聖：山東一人，山西一人。
〇〇×〇〇〇〇

關羽，山西人，東漢之末。岳飛，冤死杭州，人多念之。祀聖哲忠烈者為神，是千百年來中國民間以至主政者傳統。南宋之初，謚為「武穆」，即以宋朝立場，望其忍和解冤。孔子，山東人，尊為「文宣」，即文教傳揚之意。

2.14 河南湯陰岳廟 （清 吳芳培）

千秋冤案莫須有
〇×〇×

百戰忠魂歸去來
×〇×〇

宋承唐五代藩鎮割據，本身亦以兵變得位，於是甚憚武將。高宗僥倖為帝，尤忌岳飛功高掌兵而常以「迎回（徽、欽）二聖」為志。於是秦檜迎合帝心而誣飛謀反。韓世忠不平之問，檜則答以「其事莫須有」——即「其事在可有可無之間、而寧可信其有」之意——世忠忿然謂：「莫須有三字何以服天下！」下聯即以喚人歸來之三字，哭招寃魂回返湯陰家鄉！

2.15 秦檜後人祭岳 （清 秦大士）

人從宋後羞名檜，
〇×〇×
我到墳前愧姓秦！
×〇×〇

「檜」字本意，是堅實精緻的木材。宋朝以後，人就不願聯想起那個奸臣，於是就羞於再用「檜」字為名了！

從祖宗而來的姓，我不能自由取捨；不過，善惡是非之觀念，我也和大家一樣，所以，到了岳墳前面，我只好為姓秦而羞愧！

2.16 岳墳秦檜王氏對嗟互怨

唉！僕本喪心；有賢妻何能若此？
×○○○○××
咄！妾雖長舌，無老賊不到如今！
○×××××○○

想像秦檜歎嗟：唉！在下這個讀書人，本來就喪失了良心；不過，假如有位賢妻諫阻、規勸，又怎會得到這個結果？

摹擬王氏詈罵：咄！我這女流雖然長舌，不過，你是領導嘛！男人嘛！丈夫嘛！一家之主嘛！不是你這個窩囊廢，又怎會妻隨夫賤，弄到如今！

P.17

西湖岳墳　（淞江女史：徐氏）

青山有幸埋忠骨，
○　×　○

白鐵無辜鑄佞臣！
×　○　×

岳飛墓前有秦檜夫婦等鐵鑄跪像，以洩民憤。此聯洗練淺切，足證人心。但世襲終身獨裁專制之積毒不除，公道法理終難彰顯。民主、人權，還看後日。

P.18

潮州雙忠（張巡、許遠）祠

國士無雙雙國士，
×　○　××

忠臣不貳貳忠臣。
○　×　○○

唐安史亂時，張、許殉國，不作降敵背君之「貳臣」，下聯首「貳」字指此，次「貳」字即「二」，兩也。

2.19 揚州梅花嶺史可法衣冠塚（清　張爾藎）

數點梅花亡國淚，
×　○　××

二分明月老臣心。
○　×　○○

精簡淺而暢切十四字，緊扣人（史可法）物（梅花）時（亡國）地（揚州），淺暢沉痛不能移易！

2.20

史可法祠　（清　嚴保庸）

生有自來文信國，
×　○○××
死而後已武鄉侯。
○　××○○

「生有自來」，蘇軾潮州韓文公廟碑首段語，尊偉人之生長，由天命與文化傳統；「死而後已」，諸葛亮受劉備白帝城託孤信誓語意。以文天祥（封信國公）、諸葛亮（封武鄉侯）並比，皆忠勤義烈，文字亦對偶精巧自然。

2.21

張巡廟　（清　黃漱蘭）

男兒死耳又何言！若論唐室元勛，四百歲功名豈輸郭李？
○　×　○　　×　○　　○　○××

老父談之猶動色，但籲揚州都督，億萬年魂魄永鎮江淮。
×○×○××××○○

中國舊時傳統信仰，一姓一家王朝代表國家，忠節之士死而為神。今時此念已變，但為國族福祉而成仁，因公心正理而取義，仍是崇高人生價值。唐安史之禍，實在漢胡爭奪政權。張巡固守睢陽，賀蘭進明忌巡而不救，城陷，巡被賊脅與南霽雲降皆不從，巡呼雲曰：「南八！男兒死耳！不可為不義屈！」遂皆遇害。事見韓愈名篇《張中承傳後敘》。「四百歲」如何算計？待考。

2.22 潮州韓文公祠

天意啟斯文，不是一封書，安得先生到此？
×○○×○○×○×

人心歸正道，只須八個月，至今百世師之！
○××○××○×○

一封書，指韓愈諫唐憲宗迎佛骨之表。韓愈在潮功德遺愛，蘇軾名篇《潮州韓文公碑》述記精詳，該地東筆架山佚名文士所作此聯可作註腳。

2.23

東莞袁崇煥祠　（清　何耘劬）

天命有歸，萬里長城宜自壞；

×　○　××○○○××

人心不死，千秋直道任公評！

○　×　○○×××○○

南朝劉宋名將檀道濟北伐魏秦，功高震主，慘被寃殺，臨囚前脫白髮的巾幘投地，忿然歎說：「竟然你們自己壞了萬里長城！」

明末剛愎自用而多疑猜測的崇禎中了滿清反間計，以叛國罪凌遲精忠的袁崇煥，也是同樣可哀！

仍是在清朝，撰聯者可以怎麼說？

惟有諉諸「天命」吧！不過，公道自在人心。袁氏的正直忠貞，始終是人間至寶！

2.24 臺南鄭成功祠 （清 沈葆楨）

開萬古得未曾有之奇：洪荒留此山川，作遺民世界；
××○○×○○○××

極一生無可如何之遇：缺憾還諸天地，是創格完人！
○○××○×××○○

晚明台灣，起初還是洪荒世界，鄭成功驅逐了來此侵佔的西人，移入中華文明，據此抗清，建立了不肯認同滿洲新政權的遺民世界。讀聖賢書，文武兼資，他真是民族英雄，開創了千古奇局！

可哀者是命運安排、人的際遇！他父親鄭芝龍是海盜、是漢奸；日本母親被清兵污辱而死。自己短命，繼位的兒孫鄭經、克塽都不肖，叛將施琅帶敵兵攻佔台灣。當時滿清國勢正在蒸蒸日上，年青有為的康熙更是歷史罕有的長壽明君！

總之，一切都是無可如何的際遇、命運！

人生，總有缺憾：這缺憾，與生俱來，隨時而大，一切，就還給人力以外的天地吧！惟有如此好了！

總之，鄭成功是前史未有的、開創的高尚人格！

撰者侯官沈葆楨，道光進士，力抗太平軍，妻林敬紉於其出城籌餉、敵兵遽圍之際，刺指作書求援，遂解厄。沈官至兩江總督，才學見識如此，不愧林則徐婿！時清廷統治威勢已弛，所以較能放筆。

2.25 青海西寧昭忠祠 （清 左宗棠）

黃流東注，湟水南來，任濁浪縱橫，百折終須趨巨海；
× ○ ○ ×

胡笳勿悲，羌笛休怨，認靈旗恍惚，千載猶聞誦大招！
○ × × ○

《大招》，《楚辭》篇名，發端有「青春受謝，白日昭只！春氣奮發，萬物遽只！冥凌浹行，魂無逃只！魂魄歸徠，無遠遙只！」等句（——春天接受了寒冬的過去，太陽散發了輝光！生機奮發，萬物紛紛成長！陰暗寒冷漸漸過去，魂魄不用逃躲！回來吧！回來吧！不要離開、不要遠去！）最後以「豪傑執政，流澤施只！魂乎歸徠，國家為只！魂乎歸徠，尚三王只！」（「只」是語句收結吟唱尾聲）則亦招亡魂、頌祖國之歌，此取其名以與「巨海」為對。

2.26

安慶大觀亭徐錫麟樓

登百尺樓，看大好河山，天若有情，應識四方思猛士；
留一坯土，以爭光歲月，人誰不死，獨得千古讓先生！

徐錫麟，清末革命志士，與秋瑾同時，亦留學日本，歸而為安徽警察學堂會辦督練，巡撫恩銘大器重之，錫麟乘畢業禮大吏雲集，槍殺恩銘，自亦被執而慘死。

2.27

蘆溝橋忠烈祠（現代　王靜芝）

正氣感人神，為常山舌，為睢陽齒，一點丹心千秋碧血；

精忠塞天地，是文丞廟，是武穆墳，半溝殘月萬古英魂！
×○×○

該聯用宋文丞相天祥所作《正氣歌》典，詞氣壯烈。其詩國人千百年來習聞，近世或稍多未知者，為傳承文化常識與民族精神，請讀者自行尋閱原詩。詩中「在齊太史簡」至「逆豎頭破裂」，是稍寬於駢偶的排比句法。

2.28 西湖月老祠

願天下有情人都成了眷屬，
×○○○××

是前生註定事莫錯過因緣。
○××× ○○

今日要問的是：如果多人同墮戀愛，如何是好？前世今生，誰證誰定？錯過註定，有誰負責？

2.29 燕子磯永濟寺觀音大士廟

音亦可觀，方信聰明無二用；
×〇×〇××
佛何稱士？須知儒釋有同源！
〇×〇×〇〇

尊號是「觀音」（按：佛徒說玄奘新譯「觀自在」較準確，此從鳩摩羅什舊譯「觀世音」，避唐太宗李世民諱，省「世」字）——奇怪！聲「音」是「聽」的，何以竟又說「觀」呢？

啊！原來「耳聰」「目明」本來都是感覺，無滯無礙，大可互通，在菩薩，當然如此。

稱呼是佛家的「菩薩」，何以也用俗家的「士」呢？原來也要提醒大眾：儒與釋雖有「入世」與「出世」之別，其實都出於人心，根源相同！

有人讚此聯「妙悟」（梁章鉅《楹聯叢話》），或者說無知於佛典（梁羽生《名聯觀止》）；更可能是「一說便俗，何必執著」呢！

2.30

財神藥王合祀一廟
傳聞爭香火以聯解之

縱使有錢難買命
×　○　××

須知無藥可療貪
〇×〇〇

財神、藥王，倘亦爭香火，即與俗人無別；所謂善男信女之見識程度，亦自可知！總之，「財」不應可以「通神」、生命也不是金錢所能買到；人的貪念無盡，慾壑難填，也就非醫藥所能醫治了！

「貪」字一作「貧」，意義較欠精當。

2.31 呂仙祠

睡至二三更時，凡功名都成幻境；
〇×

想到一百載後，無少長俱是古人！
×〇

呂嵒（岩），字洞賓（中國傳統「別字」為「本名」之補充、發揮或映襯。嵒洞，道士修煉之所，可說是洞的賓友）。民間「八仙」傳說最多傳奇故事的一位。此聯所寫，不同宗教都有相似描述，叫人不必執著生命現實的一切。

2.32 潮州青龍廟

船如梭，橫織江中錦繡；
○○　　○×

塔作筆，仰寫天上文章。
××　　×○

雖有船有塔處殆皆適用，亦貼切穩稱，如繪畫、照片。

2.33

新金山排華紀念碑　（現代　陳耀南）

一八五七年七月四日澳洲產金區
北蘭 Buckland 首次排華大暴動死
傷甚眾二千有八年墨爾本城四邑
會館建碑紀念屬余撰聯鐫石以誌

北望鄉邦，昔伏今飛，摯志永懷舊國土，
×○　×○　×○××

蘭珍根本，憐傷喜續，英靈長倚新金山！
○×　○×　○×○○

三　輓祭

3.01

自輓　（清　王夫之）

六經責我開生面，
○　×　○×
七尺從天乞活埋！
×　○　×○

六經，《詩》、《書》、《易》、《禮》、《樂》、《春秋》，總稱中國傳統規範性的經典，闡釋者往往陳陳相因，不敢亦不能開闢創新。明清之際，王夫之（字而農，號船山）以漢學考據為入門，以宋學義理為究竟，勤於着述，勇於創闢，卓然為一代大師。上聯云云，實在是恰當承先啟後的自豪與自負。至於昂藏六尺的肉體軀殼，壽夭聽從自然，出於泥土、歸於泥土好了！這是下聯的志慨。

3.02

輓乳母　（清　曾國藩）

一飯尚銘恩，況保抱提攜，只少懷胎十月；
×　○　××○○　×○○××
千金難報德，論人情物理，也當泣血三年！
○　×　○○××　○××○○

物理人情，字字誠懇；淺出深入，語語動心。

3.03 輓曾國藩（清　彭昌禧）

韓歐無武，李郭無文；集數子所長，勛華巍煥；

○ × 　× ○ 　× ○ 　○ ×

衡嶽之高，洞庭之大；歎哲人其萎，雲水蒼茫！

× ○ 　○ × 　○ × 　× ○

曾公學術成就、文章造詣，可比他所師法的韓愈、歐陽修；不過，韓、歐都沒有軍功可說。曾公辦湘軍，應付了太平天國，使清室危而復安，功勞還勝過中唐的郭子儀、李光弼。不過，李、郭都沒有文化成就。曾公實在滙集了韓歐李郭幾位的文武所長，功勛華采，崇高而燦爛！

曾公故鄉在湖南，衡山的高處，洞庭的浩瀚，真是曾公人格功業的象徵！可惜可歎呀！這位智慧超羣的人物謝世了！我們無限欽仰、懷念！仰觀遠望，只見雲水蒼茫！

3.04

輓曾國藩　（清　左宗棠）

謀國之忠、知人之明、自愧不如元輔；
×　○　×　○　×

同心若金、攻錯若石、相期毋負平生！
○　×　○　×　○

晚清曾、左撐持大局，其後似多不和，有論者認為故意如此，以減滿清之忌。《易繫辭》：「二人同心，其利斷金」；《詩經．小雅．鶴鳴》：「它山之石，可以攻玉」，此聯懇切表示二人的情深志切。

3.05

輓林則徐　（清　左宗棠）

附公者不皆君子，間公者必是小人，憂國如家，二百餘年遺直在；
×　○　×　○　○　×

廟堂倚之為長城，草野望之若時雨，出師未捷，八千里路大星頹！

○　×　○×　×　○

鴉片戰後，林則徐代清廷受譴而謫戍伊犁，其後再起督滇，病辭，一八五〇，再舉詔赴桂處理太平軍起事，途中病逝潮州。

3.06 輓曾國藩（清　俞樾）

是名宰相，是真將軍，當代郭汾陽，到此頓驚樑木壞；

×　○　×　○　○　××

為天下悲，為後世惜，傷心宋公序，從今誰誦落花詩。

○　×　○　×　×　○○

上聯下半，頌譽曾國藩之延續滿清，功同郭子儀之於唐室。孔子臨終有歎：「泰山其頹乎！梁木其壞乎！哲人其萎乎！」曾氏之逝，天下後世之悲惜亦是如此！

北宋詞人宋庠宋祈兄弟都擅詩，同詠落花，庠云：「漢皋佩令臨江溼，金谷臨危到地香」，無「落」字而真寫落花。祈云：「將飛更作回風舞，已落猶成半面妝」，點明落字。俞樾道光三十年中進士入翰林，以「花落春仍在」為所考詩題「談煙疏雨落花天」首句，曾國藩為讀卷官，深賞之，謂與宋庠（公序）兄弟同一傷心：感激知己而無以為報，惟有永遠憶念！

3.07 自輓題生壙 （清 俞樾）

生無補乎時，死無關乎數；辛辛苦苦，著二百五十餘卷書，流播四方，是亦足矣！

仰不愧於天，俯不怍於人；浩浩蕩蕩，數半生三十多年事，放懷一笑，吾其歸歟！

以道德良心自勉，以著述教育自樂，以生寄死歸自安，中國傳統學人如此，俞氏生時自題墳墓（生壙）之聯亦如此。

3.08

輓太平天國陣亡將士（李秀成）

魂兮歸來，三藐三菩提，梵曲依然破陣樂；
○ × ○○ × ○ ××

悲哉秋也，一花一世界，國殤招以巫咸辭。
× ○ ×× ○ × ○○

阿耨多羅三藐菩提——佛教名詞Annular-Samyaksambodhi的漢語音譯，意謂「無上、正確、普遍的智慧」，「三」只是譯音，並非數目，此處借用與下聯相對。「一花一世界」亦是佛理：一切所謂「存在」都不過是內「因」外「緣」合成的內心虛假幻象，如果迷執，每朵花都是一個可以眷戀的「世界」——三十為「世」，指時間；「田」「介」為「界」，指空間。（如果覺悟，就「一葉一如來」。）

「梵」亦譯音，本意「清淨、寂靜」，古天竺信仰：宇宙萬有出於、亦總歸於「大梵天」。佛教承之，有關的讀經、音樂亦謂之「梵曲」。《破陣樂》，濵出龜茲之唐代軍樂，車馬二千人共舞，太宗李世民為秦王時所製，為教坊之曲，其後詞牌有《破陣子》。壯丁為國戰死謂之「國殤」。「巫咸」，黃帝或殷商時代一位傳奇的先知、祭司人物。

3.09

輓彭玉麟　（清　李鴻章）

不榮官爵，不樂家室，百戰功高，此身終以江湖老；
×　×　×○○×○×
無愧史書，無慚廟食，千秋名在，餘事猶能詩畫傳。
○　×　○×××○×○

彭玉麟，湘軍名將，善治水軍，精詩畫，清廉耿介，世傳其眷戀已亡表妹而終身不娶。畫梅萬幅以念之。史書記其功，以垂久遠，祠廟祀其靈以享祭食。

3.10

輓戊戌六君子（民國　康有為）

逢比孤忠、岳于慘戮，昔人尚爾，於汝何尤？朝局總難言，當隨孝孺先生，
×○○×○××○×○○○
奮舌問成王安在？
○×
漢唐黨錮，魏晉清流，自古維然，而今更烈！海疆正多事，應共子胥相國，
○××○×○○×○×××
選目看越寇飛來！
×○

關龍逄、比干的孤忠，岳飛、于謙的慘戮——數不盡的、慘酷的寃、假、錯案！現在，唉，總難說！要隨方孝孺先生之後，奮舌質問那獨裁暴君：「你說『靖難』、你說『清君側』、你說學效周公之輔成王——那麼，現在的成王，當今的光緒主上，在哪裏？在哪裏？」

漢的黨錮、唐的朋黨、魏晉的清談，都是政治不良、正邪鬥爭，如今更慘烈了！多年來歐西海國侵擾之後，如今又多了更凶狠的東洋倭寇！要與忠貞而沉痛的伍員，臨刑的哀號：「挖我的眼，掛在城牆上！我要瞪着看着，強鄰凶寇！飛來侵佔我的家邦！」

此聯詞句稍有異記，大意無別。重溫一下一八九八，戊戌年，從「維新」到「政變」的歷史，又一次證實，怎樣「權力腐敗」；怎樣「絕對權力，使人徹底腐敗」！

3.11 輓康有為（民國　梁啟超）

祝宗祈死，老眼久枯，翻幸生也有涯，卒免覩斯土魚爛陸沉之慘；

×　○　○　×　○　×

西狩獲麟，微言遽絕，正恐天之將喪，不獨動吾黨山頹木壞之悲！

○　×　×　○　×　○

曾經有位上古宗教領袖，祈求自己早些死亡——生命實在煩苦！如今我們的南海老師也久望太平而老眼乾枯——祖國復興實在等得太久！如今反而慶幸：人壽有了期，現在逝去，也好，終之不必看到國家魚爛、神州陸沉的——唉！——恐怕必然的慘況！

孔子晚年，因獲麟而絕筆，微言大義的教誨就此突然止絕。大家懼怕：是不是天公真要滅絕中華文化！「泰山要崩了！棟梁要斷了！」孔子臨終的哀歎，動心悲痛的，難道只是我們嗎？

3.12 輓妻 （清 俞樾）

四十年赤手持家，卿死料難如往日；
× × ○ × ○ ××
八旬人白頭永訣，我生諒亦不多時！
○ ○ × ○ × ○○

親切感人。

3.13 弔秋雲 （現代 王闓運集唐詩）

竟夕起相思，秋草獨尋人去後；
×〇〇 ×〇 ××
他鄉復行役，雲山況是客中過。
〇×× 〇 × 〇〇

腹笥有句過萬，選而集之嵌名紀念亦非太難，今時更有電腦索檢，所謂文人能藝亦視情思是否真摯濃厚，所集是否渾成自然。

首句張九齡《望月懷遠》，次句劉長卿《長沙過賈誼宅》，三句杜甫《別房太尉墓》，四句李頎《送魏萬之京》。過，經也，平聲音戈。

3.14

自輓 （現代 王闓運）

春秋表未成，幸有佳兒述詩禮；
○ × ○ ×
縱橫計不就，空餘高詠滿江山！
× ○ × ○

晚清湘潭王秋，幼不慧，嗤笑於同塾，師勉之而發奮，治禮春秋今文經世之學，又精漢魏六朝之詩，著《湘軍志》等多種。民初袁世凱徵聘之為國史館長，體例甫立而卒於高齡八十五。《史記》體例始立「表」，《論語》記孔子教兒讀《詩》《禮》之「庭訓」故事，又嘗在曾國藩幕而說其代清，故自輓之聯如此。

3.15

輓王闓運　（現代　吳熙）

文章不能與氣數相爭；時際末流，大名高壽皆為累；

○ × × ○ × ○ ×

人物總看輕漢唐以下；學成別派，霸才雄筆固無倫！

× ○ ○ × ○ × ○

3.16

輓王闓運　（民國　楊度）

曠古聖人才，能以逍遙通世法；

平生帝王業，只今顛沛失師承！

楊亦師王而喜講策士縱橫之術以輔人主。上聯上半是否阿親而溢美？

3.17 輓蔡鍔

萬里南天鵬翼，直上扶搖；那堪憂患餘生，萍水相逢成一夢；
×○××○○×○×○××

幾年北地胭脂，自傷淪落；贏得英雄知己，桃花顏色亦千秋！
○×○○××○×○×○○

蔡鍔本名艮寅，民前三十年（一八八二）生湖南邵陽，字松坡。幼號神童能文，中秀才後入時務學堂，器重於賢師梁啟超。戊戌變後，梁逃日本，蔡受招隨之深造軍政，改名為「鍔」，以示流血救國之志。初練新軍於廣西，負盛譽而招妬，走雲南。同情革命，升任總督。民初，袁世凱謀帝制，欲羈禁此非凡之才，調入北京以便控制，鍔故意表現消沉，戀名妓小鳳仙，得其暗助逃離，輾轉入雲南，組護國軍以討袁。功成不久，勞瘁過甚，喉疾發作急逝，年僅三十四歲，當時盛傳小鳳仙極哀傷而欲殉情，有心有才者代作此聯以輓。先用《莊子》逍遙遊鯤鵬之喻，譽鍔之雄起西南，功在救國。下聯寫豪傑美人之情之遇：一瞬亦是永恆，千秋顏色，桃花亦不為命薄了！代筆或曰湘潭易宗夔（蔚儒？）或曰龍陽易順鼎（一八五八–一九二〇），今未能考。

$.18

挽蔡鍔　（民國　楊度）

魂魄異鄉歸，只今豪傑為神，萬里江山皆雨泣；
×○○　○×○　×○××

西南民力盡，太息瘡痍滿目，當時成敗已滄桑！
○××　×○×　○×○○

$.19

挽黃興　（民國　楊度）

公誼不妨私，平生政見分馳，肝膽至今推摯友；
×○○　○×○　×○××

一身能敵萬，可惜霸才無命，死生從古困英雄！
○××　×○×　○×○○

3.20 粵省追悼蔡鍔黃興 （現代 梁啟超）

十日死兩賢，天下事可知矣；
千鈞繫一髮，後死者其念諸！

當代名家，梁啟超好友軍事家蔣方震（百里），有《蔡公行狀略》述梁任公弟子蔡鍔生平，行文雅練莊敬，頗可考實。

3.21 自輓 （民國 吳佩孚）

得意時，清白乃身：不納妾、不積私財。飲酒賦詩，依然書生本色；

失敗後，倔強到底：不出洋、不入租界。灌田蓄甕，真個解甲歸農！

北洋軍閥之中，吳氏較多佳譽，此聯自許並見抱負與胸襟。

3.22 輓黃遵憲（蔣觀雲）

如此乾坤，待臥龍而不起；

正當風雨，失鳴雞其奈何？

「臥龍」，指諸葛亮一類非常人物，隱逸而俟知音，賓主遇合則可創治國平天下之業。《詩經．鄭風．風雨》：「風雨如晦，雞鳴不已；既見君子，云胡不喜！」——時代社會縱然黑暗吵鬧，雞啼依然嘹亮，迎接黎明，喚醒人心！

3.23

輓徐志摩（郁達夫）

兩卷新詩，廿年舊友，相逢同是天涯，只為佳人難再得；
×○○×○×○×○××

一聲河滿，九點齊煙，化鶴重歸華表，應愁高處不勝寒！
○××○×○×○×○○

徐志摩之戀陸小曼，猶郁達夫之愛王映霞，為紅顏知己而勞瘁奔波，招人疵議，彼此長久友誼，齊譽文壇，而又同一痴情，同一痛苦！

何滿子本是唐開元時歌手，臨刑欲進樂曲贖罪而不得免，其後該曲之名變為《河滿子》。唐文宗垂死，注目孟才人，示意殉葬，孟請求先歌此曲，一句氣絕。詩人張祜作五絕哀之：「故國三千里，深宮二十年，一聲河滿子，雙淚落君前。」

中唐李賀《夢天》詩：「遙望齊州九點煙，一泓海水杯中瀉」，《爾雅》邢昺疏：「齊，中也；中州，猶言中國。」中國古分九州，自天上視之，不過如九點煙而已。

舊說漢道士丁令威，學不死之術而化鶴歸山東與河北之間的遼東，哀見城郭標識衢路之華表依舊而人民盡非，於是作歌高上衝天而去；下聯即用諸典故以立意，悼徐志摩自滬飛北京途中，空難於濟南，故用東坡《水調歌頭》詞「高處不勝寒」句，與收束上聯之漢李延年詩：「傾城與傾國、佳人難再得」相應。

3.24 輓孫中山 （吳敬恆）

聞道大笑之，下士應多異議；
×○×○×
貽謀後死者，成功不必及身。
○×○×○

《老子》：「上士聞道，勤而行之；中士聞道，若存若亡；下士聞道，大笑之！——不笑，不足以為道。」（王弼注本四十一章）淺薄者聽聞真道，往往不解、誤解，以至輕蔑、譏嘲——正是這樣，足見大道之所以為大道，真理之所以為真理！

認識、堅持、實踐大道，就是為了奉獻（貽）方策（謀）為將來的人（後死者）的益處着想，需要的是時間、耐心與愛心，不必期望一定要在自己有生之年達成目的。

中山先生晚年，多為革命同志誤解，本聯稱頌他高瞻遠矚，偉略宏謀，終於造福祖國以至世界，功成在於去世之後！

3.25 輓未婚妻

彼何人？我何人？無端六禮相傳，惹出今朝煩惱；

存未見，歿未見，倘或三生有幸，惟諧來世因緣！

舊時盲婚；前世來生輪迴信仰，又隨天竺信仰而普及人間，所以有此一聯。

六禮：納采（男家致送初步求婚之禮）
　　　問名（詢問女方名字與生辰）
　　　納吉（男家送禮訂婚）
　　　納徵（男家正式致送聘禮）
　　　請期（議定婚期）
　　　親迎（新郎親自迎娶）

獻納禮物時，連同正式柬帖以示誠敬，謂之「三書」。

3.26

輓妻

勤儉數十年，穿也愁，吃也愁，我把你苦死了！

○　○　○　×

拋卻萬千事×，兒不顧×，女不顧×，你比我快活些○！

悲思哀號，如聞其聲！

3.27

念亡妻（倪紹文）

媽媽睡着了——萬喚千呼○，何日答應×？

寶寶聽話吧——你來我去×，從古如斯○！

淺白、真誠、深刻！

3.28

臨終訣別夫兒

我別良人去矣！大丈夫何患無妻？願他年重訂婚姻，莫對生妻談死婦；

兒依嚴父悲哉！小孩子終當有母。盼日後再蒙撫養，須將繼母認親娘！

此真洞明世態，通達人情！

3.29

自輓

百年一剎那，把等閒富貴功名，付之雲散；

再來成隔世，是這樣夫妻兒女，切莫雷同！

上聯故作瀟灑，下聯無比沉痛！

剎那，佛家語譯音，一個念頭閃過的極短時間。《探玄記》十八：「於一彈指頃，有六十剎那。」古人沒有客觀、標準化的計量儀器，數字多出誇張想像形容，總之「極短極快的時間」就是。佛家把一切化為「感覺」、「覺悟」（──「佛」字本意就是「覺悟」）億萬光年的時空距離，也可以化為一念，何況區區「百年」、「兩代」？

3.30 自輓 （清 薛時雨）

白社論交，是此間香火因緣；割半壁棲霞，暫歸結十六年噩夢；
○　○　○　×

青山有約，期他日煙雲供養；絜一肩行李，重來聽百八杵鐘聲！
×　×　×　○

才人名宦薛慰農，效白香山之結社奉佛，回顧政海浮沉，真的噩夢，企盼他時乘願再來，重聽禪院鐘聲。

四 妙悟

4.01

山隨畫活
○　×
雲為詩留
×　○

山，崇高、穩定、沉實；在美畫佳圖中，山地隨之而靈活生動了。
雲，輕靈、飄忽、變動；在好詞妙詩中，雲也為了美語佳句而停留了。
「隨」、「為」，山與雲更「人性化」了！

4.02

會心當處即是
〇××
泉水在山本清
×〇〇

心靈本體是靈智之源，隨時隨地倘能與客體相會，便有圓滿飽足的機趣。

高山雪水融成流泉，沿途帶入沙泥雜物，難免漸趨渾濁。高士隱居清雅，一旦隨俗應世，自然日見庸常，昔年芳草，漸成蕭艾！不斷警覺自新，就在乎當事人的有志有識。

4.03

客廳與花園

莫放春秋佳日去
×〇××
最難風雨故人來
〇×〇〇

夏，可能酷熱；冬，往往嚴寒；比較溫和的春、秋，有花有月，所以「佳日」，不要「放」過，不要讓它們溜「去」。

「風雨如晦」，甚至「不已」的「雞鳴」也停止了。有幸「故人」仍在，而且竟然肯來、能來，「雪夜訪戴」也好，驚鴻一瞥也好，來了就好！

4.04 貧士旅居過新年

年年難過年年過
　○　×　○×

處處無家處處家
　×　○　×○

「無」一作「非」，李白《春夜宴桃李園序》「天地者，萬物之逆旅」（「逆」即「迎」意，即旅店）。浪跡天涯，唯有達觀自遣如此。

4.05 名士之聯

左壁觀圖，右壁觀史；
　　○　　　　×

無酒學佛，有酒學仙。
×　　　　○

佛門戒酒，無酒之時則談禪以示高趣；仙家逍遙，攜酒則與呂洞賓共醉於岳陽樓。舊日所謂高士文人，往往如此。至於上聯云云，湊對而已。

4.06

人間歲月閒難得
○　×　○

天下知交老更親
×　○　×

凡俗生活，勞擾奔忙；清閒所以難得。一生交往相知不易，久經考驗，到彼此都自覺時日無多，就更珍惜、更親切了！

4.07

清風明月本無價
○×○×
近水遙山皆有情
×○×○

現代鬧市高廈的低層，蝸居斗室，對聯描繪的一切山水風月，都早成無價之寶、有情難通了！

4.08

慣親魚鳥渾相識
○×○×

占盡煙波作主人
×○×○

游魚從容，海鷗不疑，慣與他們接近，似乎都是相識相知的朋友。空中煙雲、水面波浪，都像我往來賓客接受主人的熱情款待。

4.09

諸品自來塵外賞
×○××
眾喧俱向靜中蠲
○×○○

蠲，音捐，免除、消解之意。觀照自然，賞評藝術，以至萬類眾品最宜置身超然，以恬靜之心欣賞。

4.10

閒為水竹雲山主
○×○×
靜得風花雪月權
×○×○

悠閒，可以做款待水竹雲山諸般美景的好客主人。
寧靜，懂得考慮怎樣配合選擇若具吸引的雪月風花。

4.11

春風大雅能容物
○×○×

秋水文章不染塵
×○×○

儒者應世，仁愛寬和，像春天和風吹拂（又如造物者之澤雨無私，心田廣潤）。成就獨特高妙的詩文之藝，不染半點俗塵（像秋日清泉的一泓涼洌，又《莊子》外篇《秋水》，善達道家「標舉個性」之理）。

4.12 述懷（明 唐寅）

善亦懶為何況惡？
富非所望不憂貧！

伯虎大才子原來不是只擅吟詩繪畫、「點逗秋香」。「人有所不為，然後可以有為」。他滿腹經書，不是白讀的。

4.13

浮生若夢誰非寄
○×○×
到處能安即是家
×○×○

上聯是李白《春夜宴桃李園序》的簡括。生命似乎無根、無基，所以說「浮」，說「夢」。倘若如此，誰人在世不是寄居呢？孟子以「仁」為「人心之安宅」。宅心仁厚，到處是家。

4.14

天若有情天亦老（唐李賀詩句）
月如無恨月常圓（宋石曼卿對）

對亦工整，惜近於一意，不過尚可稍慰眾生。

4.15

藝術欣賞與創作

秋月春花當前佳句
×〇〇×
法書名畫夙世良朋
〇××〇

藝術是描寫宇宙，刻劃人生，表現心靈種種美的情感。春花秋月，等於佳美的詩詞文句，典範的字、畫，彷彿前世好友，今生重見，於是一見投緣，時時觀覽，愛不釋手。

4.16

東壁圖書，西園翰墨

×○○×

南華秋水，北苑春山

○××○

崇道者尊《莊子》為《南華真經》，除七內篇外，精義亦見《外篇．秋水》，富逍遙觀賞、順應自然之趣。南唐董源字北苑，善畫江南風景。至於上聯「東」「西」，泛舉作配，不必實指。

4.17

得過且過，今日莫思明日事
× ○ × ×

當做便做，一年可作百年人
○ × ○ ○

一種對偶文字，兩樣人生態度。前者佛道式：盡意不執著；後者儒俠式：努力不隨便。

4.18

無能事而能無事；無事，則無事事矣。
×

不可解即可不解；不解，以不解解之！
○

道佛二家處世哲學之吸引如此，至於用世念殷者病二家之學，如魯迅作《阿Q正傳》、胡適作《差不多先生傳》以諷之者，亦以此。

4.19 自然雅趣

綠水本無愁，因風皺面；
×　○　○　×
青山原不老，為雪白頭。
○　×　×　○

賞心悅目，便算佳妙之聯，不必過求深解。

4.20

書齋聯 （清 包世臣）

喜有兩眼明，多交益友；
×　×○　○○××
恨無十年暇，盡讀奇書！
○　○×　××○○

佳書亦是良朋，明眼方能多識，王蘭汀有類同之聯。「喜」作「願」，「盡」作「快」，似更可人！

4.21

上海豫園一笠亭 集《蘭亭序》法書 （清 陶澍）

游目騁懷，此地有崇山峻嶺；
仰觀俯察，是日也天朗氣清。

上聯云云，園內大假山。

4.22

施粥廠聯

同是肚皮，飽者不知餓者苦；
×〇　×〇××
一般面目，得時休笑失時人！
〇×　〇×〇〇

此之謂「同情心」、「同理心」。

4.23

題廳坐抒懷　（清　曾國藩父竹亭）

有詩書、有田園；家風半讀半耕，但以箕裘承祖澤；
〇　〇　〇　×
無官守、無言責；世事不聞不問，且將艱巨付兒曹！
×　×　×　〇

上聯是傳統耕讀社會文化傳承中，一個好運者的自慶；下聯是有克家令子、得卸仔肩的同一好運者的自幸。「官守、言責俱無」一語，出《孟子·公孫丑下》。今日民主政治定期選出代議士，則公民皆有直接或間接權利及義務，非前人所能夢見！

4.24 《老子》玄理

道生一，一生二，二生三，三生萬物；
　　　　×○×
人法地，地法天，天法道，道法自然。
　　　　○×○

不知誰人開始，拼合老子《道德經》王弼注本第四十一、二十五兩章之句，構成此聯，表現道家思想之「本體」、「現象」與「修養」理論；作為道觀楹聯，則又表現其宗教信仰。

「道」字不免重複。它是萬物真理的總和，形而上的根本，具體化而為整個宇宙、世界。廿五章說：「有物混成，先天地生……可以為天下母」，所以，「道生一」。

「道」是總開始，也是總結束，所以又名「太極」，就是「最偉大的始端與終端」。它能靜能動，於是有「正反」、「前後」、「上下」……等等無數相反相成的事理和現象，所以說「萬物負陰而抱陽」（四十二章）——即如《易繫辭上》第五章所謂「一陰一陽之謂道」——所以「一生二」。

有「正」與「反」於是有「互動」，正如有「弱」有「強」表現了「道」的「作用」（四十章：「反者道之動，弱者道之用。天下萬物生於有，有生於無」）。有男女、牝牡、雌雄，於是有子有女，繁衍兒孫，即如西哲所謂辯證思維：「正」、「反」而「合」，「合」又為新「正」，於是又因新「反」而有「合」……——此之謂「二生三、三生萬物」——至如上引《易繫辭上》「一陰一陽之謂道」後說：「繼之者善也，成之者性也」以化育成長為「善」為「性」；以「生」為「天地之大德（性能作用）」

（《易繫辭下》第一章）《老子》七十九章則說：「天道無親，常與善人」，以「適應自然」為「生」為「善」。至於孔子名言「志士仁人，無求生以害仁，有殺身以成仁」（《論語．衛靈公》）孟子承之更說「舍生取義」（《告子上．魚我所欲章》），這就是「尊倫理」而不只「尚自然」的儒家價值觀的開展了！

「天有其時，地有其利」，結合而生萬物——包括「人」，人之靈秀又超出他物，於是被尊為「萬物之心」，與天地相配而共稱「三才」。「才」本象幼苗出土，所以「三才」即宇宙三大基源力量，人居最後而宜最謙下，所以「人法地」。所謂「地利」、「地緣政治」等等，皆由此生。大地普照於日月，霑承雨露，故此又以高明而包罩一切之「天」為法，天亦由「道」而來，一切皆出「自然」——「自」本象「鼻」，如人自指其鼻以示主體。「然」者，現實本來如此。所以，實在的，就是如此的，謂之「自然」。

《老子》文兩句，二十六字，一套「道」理。

4.25 題書齋（明　李東陽）

滄海日、赤城霞、峨嵋雪、巫峽雲、洞庭月、彭蠡煙、瀟湘雨、廣陵潮、匡廬瀑布，合宇宙奇觀，繪吾齋壁；

青蓮詩、摩詰畫、右軍書、左氏傳、南華經、馬遷史、薛濤箋、相如賦、屈子離騷，收古今絕藝，置我山莊。

臚列勝跡、藝術，皆着「我、吾」之字；倘為帝王，必如乾隆之遍蓋私章於書畫名品，視同己有。生在今日而為守法平民，最宜經營世界旅行社、圖書館。

古人常願「東臨碣石」不必定為遼西或魯東何地，以觀滄海日出。浙江天台山、四川青城山，皆有赤城山，亦內蒙古長城縣地，總之日照而高。四川峨眉、長江巫峽、洞庭、鄱陽兩大湖、揚州廣陵、廬山瀑布，皆未出神州，已謂宇宙奇觀。藝術作品，則李白詩、王維畫、王羲之書法、左傳、莊子、史記、薛濤製箋、司馬相如辭賦、屈原離騷，都在中國，亦是古今絕藝了！上下聯每句末字一一平仄相對。

4.26 交通孔道茶酒亭聯

今日之東，明日之西；青山疊疊，綠水茫茫。
○　××　○○

走難遍楚峽秦關，填難滿心潭慾海。

智兮曹操，力兮項羽；赤壁烏江空煩惱！

忙甚麼？請君暫坐片時，說幾句古典今文。

得安閒處且安閒，留些精神還自己。
○　×

這條路來，那條路去；驛站迢迢，風塵擾擾。
×　○○　××

帶不去白璧黃金，留不住朱顏黑鬢。
富若石崇，貴若楊素；綠珠紅拂皆成夢。
慳怎的？勸爾放下數錢，沽半壺猜三度両。
得快活時須快活，讓些名利與他人！

× 〇

坊間書載：中國各地鄉郊交通往來孔道，時有類似上述文字的對聯，即如所記岳陽樓聯，據說異文如左：

（上聯）
「青山疊疊」二句，作「光陰冉冉，歲月悠悠」。
「走難遍」二句，上多「忙甚麼」，以下作「走不盡綠水青山，填不足心田慾海」。
「智兮曹操」作「智兮周瑜」。
「空煩惱」作「多煩惱」。
「忙甚麼」三字無。

「暫坐片時」作「將坐片刻」。
「說幾句古典今文」作「把寸衷思前想後」。
「留些精神還自己」作「留點精神防自己」。

（下聯）
「那條路去」作「那條路往」。
「驛站迢迢，風塵擾擾」作「風塵僕僕，車役遙遙」。
「帶不去」三字，上多「戀怎的」，以下作「黃金白玉，挽不住黑髮紅顏」。
「富若石崇」，作「貴矣韓信」。
「貴若楊素」，作「富矣石崇」。
「綠珠紅拂皆成夢」，作「淮陰金谷總成空」。
「慳怎的」三字無。
「勸爾放下數錢」作「為我擲下幾文」。
「沽半壺猜三度兩」，作「沽半瓶叫五差三」。
「得快活」二句，作「可快樂時還快樂，讓些辛苦與他人」。

（參看貴州人民出版社一九八四第一版，孫天赦《對聯格律及撰法》，頁一九七。至於誰是始創？如何沿襲、修改？即使實地一一勘察，也難考定——可能大家都覺得「都差不多罷，何必麻煩！」——恐怕這「傑作」的主題，也正在此。）

一些字詞稍作解釋：

「之」，動詞，去、往之意。「淮陰」：韓信之貴；「金谷」：萬崇之富。

曹、項、周等，都是赤壁、烏江著名大事的主要人物，就差廣泛久承各界敬愛尊崇的孔明先生，人們不忍寫入。

末句「名利」也好，「辛苦」也好，一件事還是兩件事？「還自己」還是「防自己」？總之是佛道兩家之言，當事者、局中人，自有分曉了！

即如六百多卷浩繁的《大般若經》，有簡淺扼要，中文二百多字的《心經》作為提要，大同小異的許多上述長聯，也有如下列兩例的短淺之作：

四大皆空，坐片刻無分你我；
×○　×○××

兩頭是路，吃一杯各自西東！
○×　○×○○

為名忙，為利忙，忙裏偷閒，喫盞茶去；
○　×　×○　×○×

謀食苦，謀衣苦，苦中作樂，拿壺酒來！
×　○　○×　○×○

4.27 香港信報創業興發聯（駱友梅）

財經政經　未濟既濟
○○　××

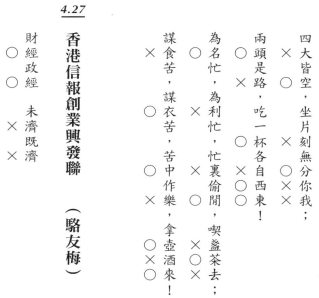

世事人事　無為有為
××　○○

一九七三年以來，駱氏佐其夫經濟名家林社長行止（山木）創辦發展信報，報道論議，出色當行，廣納眾流，異葩耀采。林氏其後亦膺「世界健筆」、榮譽博士等銜。此聯則駱氏靈感之製——上聯後半《周易》六十四卦始〈乾〉之剛健，而終六十三卦〈既濟〉之「小成」，六十四卦〈未濟〉之仍待努力，其理甚玄。下聯後半會通東方之儒法（有為）佛道（無為），而與泰西放任自由計劃經濟，積極不干預等諸端比較參稽，平仄妥適，重疊巧宜，政經金融之道，騈散聲律之藝，於是妙合而兼行，可謂巧聯妙對中的奇花異卉！

五　教勉

5.01

解經以理　〇　×

校字如仇　×　〇

傳統作為社會規範、人人從小隨眾崇奉的經典，要基本上尊重，但不要無條件盲從。客觀、理性地解釋不易明白的地方，不要為服膺而服膺，也不必為反叛而反叛，不要離棄了同情、同理之心。

校對文字，態度要認真，務求細密、嚴謹——像仇家般尋瑕抵隙，像寃家般從不放過。

「仇」是「形聲」，這時寫作「會意」字的「讎」更有趣：兩位文士「校讎」？兩隻「開籠雀」對唱？兩寃家的對罵？原告被告兩方對質！

5.02

思於物有濟
××
愧為人所容
○○

腦中總想：自己對世人、世事，有個幫助、有個貢獻；

心裏慚愧：這次又僥倖得人放過、被人饒恕！

「待人接物」——「物」也是有心的人，並非「總而言之、統而言之、不是東西」！

5.03

鐵肩担道義
○○　××
辣手著文章
××　○○

對真理、正義，有鋼鐵肩膊的承擔；寫作文章，有辛辣手段的鋒芒、破立——

這是對中國讀書人正宗而崇高的期許、讚美。

5.04

淮安育嬰堂（丁儉鄉）

眼前皆赤子，
×〇〇××
頭上有青天！
〇××〇〇

淺切精警，感人動心。

5.05

造物最忌者巧，
×
萬類相感以誠。
〇

六字句聲音短促，語調平板——不外二四、四二、三三、二二二等幾式，所以自來難有佳作。此則自然流轉，識高養深。當然，天公造物，如果至善至聖，又怎會忌妬渺小的萬物眾生？抑或是受造者妄自尊大，認為本身既是英傑、紅顏，就必然連「天」也要「呷醋」？又抑或「最忌者巧」是自矜巧智，「機關算盡太聰明，反誤了卿卿性命」？（《紅樓夢》第五回）

5.06

每思於世何補，
××
應知在人莫求。
○○

修養靠自己立志、努力；常常想：對世界，我有甚麼可以幫補多一點、多一點？

好處在人家給予、幫助；主動權、感恩歸向，都在於對方，所以，可以少一點，就少一點。

5.07

行言不易空言易；

○ × ○×

評事無難了事難！

× ○ ×○

理論、原則，空言不困難，實行不容易；

褒貶、評議，講說很容易，辦妥很困難！

5.08

過如秋草芟難盡；
　○　×　○×

學似春冰積不高。
　×　○　×○

過失，像秋天的草，芟除啊，總除不盡；
學問，像春季的冰，累積啊！總積不高！

5.09

不因果報勤修德，
　○　×　○×

豈為功名始讀書？

×〇 ×〇

修德是人類獨有之能，求性靈的自然安適，若果是希望種因得果，已經落於計較功利；

讀書為明理致用，假如只為了功名考試，那意義和樂趣，便都下了一層！

儒家「知命守義、不問所謂報應」——這個極高層次的道德理念，參看王闓運（壬秋）盛推「直接昌黎（韓愈）而神明於班（固）馬（司馬遷）真宇宙間大文」的曾國藩名篇《聖哲畫像記》最後段節。首言，深入人心的「因果報應」之說，其實淺陋；次解「天」極偉大而「命」不可知，不可強求；三述君子之道憂樂終身，不祈福報，不汲汲于名利。

可惜很多人未聽過，許多文言選本沒有收錄，認為太深奧，或者太古老。有心者可查閱王先謙《續古文辭類纂》卷四。

5.10

至行豈能外名教
×○○×
高文遂欲無古人
○××○

立身為人，有底線、有原則——最高尚的操行，不能在道德價值以外；
執事寫作，要獨創、要超越——最超卓的文藝，要超越古人！

5.11

讀書心細絲抽繭
○×○

鍊句功深石補天
×○×

讀書細心，發現問題，並且努力抽出頭緒，加以解決——像抽絲剝繭；
寫作通達，造句遣詞，精練靈巧——好比神話的煉石補天！

5.12

最愛聰明藏渾厚
×○×
每於退讓見英雄
○×○

鋒芒難免顯露，貴於自知而自然地斂藏，並且渾然溫和忠厚。「退一步，海闊天空」——現代人、青年人，太熱心於「爭取」、「爭取」，「進步」、「進步」——

都有價值，都有需要，但，豈是絕對呢？世間事物變化，豈不是有所謂「辯證」的嗎？「有無相生」、「將欲取之，必先與之」，古人有些想法，現代人何妨再也想想。

5.13

世事洞明皆學問
×○××
人情練達即文章
○×○○

上聯重點不只在「明」，更在於「洞」（通透）。下聯重點不只在「練」（習熟），更在於「達」（交流、到位）。

5.14

欲知世味須嘗胆
○×○×

不識人情只看花
○○×○

人生自必有欲，於是必求（《荀子．禮論》）。佛家善言「八苦」，其實亦皆「求」而「不得」，所以如胆味之苦。人情難免榮枯得失盛衰冷暖，即如花之絢爛平淡、新陳代謝，都是理有固然，而事所必至！

5.15

種樹樂培佳子弟；
×○××

擁書權拜小諸侯。
○　×　○○

培育青少年，像種樹：要了解品種，繼承經驗，付出耐心、愛心。收藏和使用書籍，如古人的封土建國：要光輝祖業、拓地開疆。

5.16

砥行似農宜有畔
×　○　××

讀書如賈任居奇
○　×　○○

砥礪品行，如農夫阡陌疆界之有矩有規有原則；研學求知，像商賈之貪多務得、投資精當，收放看準市場。

下聯云云，比之《論語》所云：「古之學者為己」（為本身之進德修業，不為炫耀弋譽於他人），境界自有差別。

5.17

水能性淡為吾友
○×○×

竹解心虛是我師
×○×○

王弼注本《老子》云：「上善若水」（第八章）「江海所以能為百谷王者，以其善下之」（六十六章）「天下莫柔弱於水，而攻堅強者莫之能勝」（七十八章）。今人或師而飾之以西語。

竹之常見稍不如水，但「有節」而「中虛」，國人亦樂取之以自勵自警。下聯即虛心謙下而好學之教，非作賊者之「心虛」。

5.18

胸蟠子美千間廈
○×○×
氣壓元龍百尺樓
×○×○

充滿了仁愛之心——正如詩聖杜甫《茅屋為秋風所破歌》的呼籲：「安得廣廈千萬間，大庇天下寒士俱歡顏！」

洋溢了高逸之氣——超過了忠亮高爽、扶世救民的漢末高士陳登（元龍），劉備稱他應當自居百尺高樓，置庸鄙之人於地下！

5.19

道心靜似山藏玉
〇×〇×
書味深於水養魚
×〇×〇

修道的心，虛靜深藏，像山之蘊玉；讀書之味，優游沉潛，如海之養魚。

筆者常記唸過書的德明中學校歌：「碧海汪涵，青山崢嶸」，「養心如海，立志如山」，這就是中華文化。

5.20

六經讀盡方拈筆
○ × ○×
五嶽歸來不看山
× ○ ×○

讀盡了公認的經世典籍，才寫東西、發議論，倒也不遲！

問題是：「多讀」、「先讀」，沒大問題，但，是否可以「盡」？應該「盡」？

遊歷了、瞻仰了東、西、南、北、中（泰、華、衡、恆、嵩）五座名嶽，庸常的山嶺就懶得費神觀看了，就等如說：「曾經滄海難為水，除卻巫山不是雲」！

5.21

持身每戒珠彈雀
○×○×
養氣要如刀解牛
×○×○

堅持理性，恪守道德；一次又一次警惕危機、抗拒誘惑，常常提醒自己：把持本身，不要「隨珠彈雀」——以貴重的隨侯之珠，一去不回地彈擊那平凡的小鳥：把珍貴的榮譽生命，犧牲於原始的、庸常的種種情欲！

培養精神生命力量，從容自得——像《莊子》「庖丁解牛」寓言的宣示：順着天然的腠理毫不費力，自得從容。

「隨」，本春秋國，近濮水，出寶珠。據傳有靈蛇銜之以報恩，隨侯得之，世傳為寶，故「隨珠彈雀」一語，諷所得者輕賤之雀，所作務高而費力，所用貴重而失去，傷生殉物，至為不值。北周楊堅封此，惡「隨」字有「辶」（辵），奔走不停之意，故去之而成「隋」字，以作其後所立王朝之號。

5.22

為學日益，為道日損 ×

大勇若怯，大智若愚 ○

《老子》（王弼注本）四十章：「反者道之動，弱者道之用。天下萬物生於有，有生於無」；所以說：「有無相生，難易相成」（第二章），一切相對現象、理念，都不過大道的表現；貴此賤彼，實在自招煩惱，所以四十八章說：「為學日益，為道日損。損之又損，以致於無為，無為而無不為」——不妄作非為，心靈就虛靜自由了！所以四十五章說：「大成若缺，其用不弊；大盈若沖，其用不窮；大直若屈，大巧若拙，大辯若訥」——下聯云云，就是就此延伸的常見說法。

道家不執一端，佛教萬事看化，儒學則堅守倫常，頑抗佛老「二氏」，這就是中華文化傳統骨幹的「三教」。

5.23 明陳白沙（獻章）聯

事能知足心常愜
○×○×

人到無求品自高
×○×○

知足是儒、道共通之教。愜：音協，滿足。人生一日，即有一日的需求——空氣、飲水、食物，焉能「無求」?「求」，總有「不得」，佛家所言「八苦」，其實總歸都是此項，所以，「人到無求」云云，類似所謂「學海無涯，惟勤是岸」——

一旦醒覺「慾壑」永遠「難填」，即時收歛放縱之心，持之有恆，就是一個永無盡期的品格提升！

5.24

無求便是安心法
○×○×
不飽真為卻病方
×○×○

人活一天，就有一天的種種需求——甚至彌留在病床上那最後的時刻——所以，「人到無求品自高」之類，都只不過勸人盡量寡欲、節欲，先得奢望無窮，渴求非份，而更招煩苦！

下聯就更淺顯切實了，「最好吃七分飽」，不是養生要訣嗎？

5.25

知多世事胸襟闊

○ × ○×

閱盡人情眼界寬

× ○ ×○

此即：《紅樓夢》第五回，餵厭所謂禮法學問的怡紅公子賈寶玉，到了秦可卿房，一見就不想停留的對聯（前述5.13）：

世事洞明皆學問

× ○ ××

人情練達即文章

○ × ○○

5.26

自題 （宋 黃庭堅）

認半句錯，省千般累；×
忍一息怒，保百年身。○

人情洞達，金石良箴。「一息」，一呼吸間，氣往上衝的片刻。

5.27

砥行似銅，持躬似玉；○×
守口如瓶，防意如城。×○

行為砥礪似煉銅：品質越純，光輝越出。立身處世如佩玉：磨練越多，溫潤越覺！

說話一講，便收不回來；所以，發言要謹慎，像瓶之有口有塞，意念一動，容易停止不了；所以，動心更要冷靜，像城郭的大門，不要隨便打開！

5.28

公則生明，誠能撫眾；
　　○　　×
和而有節，立可與權。
　　×　　○

立心處事公正，真假是非得失就看得分明；以真意誠心待人，就能夠把群眾安撫。待人接物親和而有原則、有節制；立場堅定、基礎穩固，又保留了權宜應變的空間。

5.29

廉不言貧，勤不言苦；
×○××
尊其所聞，行其所知。
○○○○

常提自己貧窮，心中就更容易起了貪念；常常訴苦，努力就難以耐久。

所聞之道雖然未能盡行，心裏還是尊敬；既知道可行、當行，就要付之實踐！

5.30

自勉 （清 林則徐）

海納百川，有容乃大；
×○○×

壁高千仞，無欲則剛。
○××○

李斯《諫秦逐客書》：「泰山不讓土壤，故能成其大；河海不擇細流，故能就其深；王者不卻眾庶，故能明其德。」

《論語．公冶長第五》：「子曰：『吾未見剛者。』或對曰：『申棖。』子曰：『棖也慾，焉得剛！』」《老子》：「勝人者有力，自勝者強」；能克制自己，才是真正的強者，慾望越多越盛，越難自制自禁，越易為役為囚。此所以《羅馬書》第七章痛陳一己軟弱，令人感動！

5.31 自勉 （清 曾國藩）

丈夫當死中圖生，禍中求福；
○×

古人有困而修德，窮而著書。

5.32

清左宗棠少時自勉

家無半畝，心憂天下；
讀破萬卷，神交古人！

「耕讀」是「以農立邦」的舊日中國傳統，即使無田可耕，此心仍然不只在己而且在於全民，知道「君子儒」應當「以天下為己任」，所以讀書。

「讀書破萬卷，下筆如有神」（杜甫《奉贈韋左丞丈二十二韻》），尚友前人，心神相交；此所以「古道照顏色」（文天祥《正氣歌》），永不真正寂寞。

5.33

惜食惜衣，非為惜財緣惜福；
× ○ × ○ ××

求名求利，但須求己莫求人。
○ × ○ × ○○

聯語懇切淺白，解釋則似不必辭費，實踐則宜勉己勉人。

5.34

學如逆水行舟，不進則退；
○ × ○ ×

心似平原走馬，易放難收！
× ○ × ○

學海無涯，而青年一過，精力漸衰，又更難集中，所以要不斷講求方法，結合實踐維持興趣。《論語》首章首句：「學而時習之，不亦說（悅）乎」，即是此理。

古人說：「學問之道無他，收其放心而已」——興趣要廣、心思要活，但又最忌游移放逸，不能選擇聚焦，以致散漫泛濫，浪費時間精力，一事無成。西諺所云：「滾石不能聚苔」，道理相似。

5.35　農村耕讀傳統

讀書好、耕田好，學好便好；
×　×　×
創業難、守成難，知難不難！
○　○　○

也是中國傳統社會，以勤勉為德的典型。

5.36 不為與有為

通人無方：不為玉、不為石；
　　　　　○○　　　×

修士有則：亦如錫、亦如金。
　　　　　××　　　○

通達的人，不會只做貴重的玉，也不會只做粗賤的石——不束縛於固定方向、不拘執於傳統形式。

修養之士立身有個原則，可以做錫：組合、融鑄別人，也可以做金：貴重、輝煌，自然出眾！

5.37

浙江法院

看階前草綠苔青，無非生意；
○×○○×
聽牆外鴉啼鵲噪，恐有冤魂！
×○×○×○

看：法院巍峩，階前卑微的綠草青苔，一樣表現了生命的意志——何況是有生命的人呢？所以，要珍惜生命！

聽：高牆外面，透入烏鴉的啼喚，鵲鳥的噪叫——是不是有含冤受屈的魂靈無處申告，所以感動、委託牠們訴苦呢？

5.38

好人都自苦中來，莫圖便易；
○ ×× ○ ○ ×
凡事皆緣忙裏錯，且更從容！
× ○○ × × ○

經過許多制約、許多鍛練，才成就一位品德良好的人，不要以為僥倖容易；事情出錯往往因為忙亂匆促，所以，慢一些吧！冷靜一點吧！

5.39

自勉（明　顧憲成）

風聲、雨聲、讀書聲，聲聲入耳；
○ ○ ○○ ○ ×

家事、國事、天下事，事事關心。
×　×　××　×　○

窗外沒停的風雨聲，屋裏不絕的讀書聲，交響內外，心靈開放的人都聽進耳朵；家裏的親疏厚薄，政治的理亂安危，世界的吉凶禍福，無分大小，血液溫暖的人，都難免關心！

青年學者的典範之作，東林書院的傳世之聯。據說佛家修道之處，亦有類似之作：

松聲、竹聲、鐘磬聲，聲聲自在；
山色、水色、煙霞色，色色皆空。

此兩聯孰後孰先，不必考究；一入世，一出世，則稍知儒佛之別者皆明，不必辭費。

5.40 清末爭取收回滬杭甬鐵路演說台聯

頭可斷、血可流，一息尚存：總要挺身爭鐵路；
×　○　　○　××○　××
目未瞑、心未死，三寸不爛，豈容緘口學金人！
○　×　　×　○○×　○○

人類社會，是文明日進的天堂，也是罪惡依然的地獄。國際關係，少不免強凌弱、眾暴寡。當時事事落後的晚清中國，就是列強交侵、幾乎淪為非洲之繼的「次殖民地」。建設鐵路、管理經營，都要仰仗外人，外人目的就是要吮膏吸血。醒覺了，就要喚起羣眾，自立自強，此本聯之見證歷史！

金屬鑄造人的模型，三緘（音「監」，不是針的異體字「鍼」）其口，表示閉口無言。不過，Silence is golden. 不是真金的 gold，應說不說，任人宰割，就是沉默羔羊，自投牢獄！——相信，這些話必然包括在當時的演講！

5.41 江蘇臬署（清　俞樾）

聽訟吾猶人，縱到此平反，已苦下情遲上達；
×○×○×○××
舉頭天不遠，願大家猛省，莫將私意入公門！
○×○○×○○

臬署，即掌管律法之按察司，故上聯首引《禮記·大學》述孔子語，表以少訟為貴的理想，似正藥現代訟事多如牛毛之弊，問題是人情社會愈複雜，法律爭執愈難簡省，無奈之至！

5.42

兩江總督府衙　（清　曾國藩）

雖賢哲難免過差，願諸君讜論忠言，勤攻吾短；

×　○　○　×　○　○　×

凡堂屬略同師弟，使僚友行修名立，方盡我心！

○　×　×　○　×　×　○

過失、差錯，賢哲不免，但願各人忠心直言，常常指出忝居領導的本人短處。

在同一機關的各級同事，關係有似師徒，總望大家德業修成、名聲建立，這才是本人最大的願望、安慰！

5.43

城隍廟

「百行孝為先」，論心不論事——論事貧門無孝子；

× ○ ○ × × ○ ××

「萬惡淫為首」，論事不論心——論心終古少完人！

○ × × ○ ○ × ○○

一切美德，首先是感恩——感念父母養有深恩，因此行孝報答，所計較的是有那個心，不在實踐的形式。否則，貧窮兒女，財力艱困，就沒有孝子可為了！

一切罪惡，以淫為首——計較的是有沒有實際行動。否則，嚴格計較那念頭的話，又有誰不起過色欲之心呢？所以，重要在「發乎情止乎禮」。

5.44 自題書樓 （清 林則徐）

坐臥一樓間，因病得閒，如此散材天或恕；
×○×○×○××

結交千載上，過時為學，庶幾炳燭老猶明！
○×○×○×○○

林氏晚歲回福州家鄉文藻山養病讀書。本聯以《莊子・人間世》篇所說「散木」寓言和劉向《說苑・建本》篇師曠勉勵晉平公，老而好學「炳燭之明」慰勉自己。

大木匠老石帶着門徒，看見一株其大無比的土地神社的櫟樹，人人聚觀，而老石不顧而去。答門徒之問說：「這棵大樹絕不成材：造船則沉，造棺則速腐，為器則速毀，為柱則蛀，所以是絕對無用的『散木』，沒人欲取，所以能生存長久。」——林氏以此自哂：自己或者便是如此材料吧，希望老天爺放過放過！

晉平公年已七十，仍然好學，恐怕太晚，失明音樂家師曠答覆他說：「何不點着蠟燭？」——不是輕浮無禮地對人君開玩笑，是合適的安慰和勉勵：少年好學，像初昇的太陽；壯歲好學，像正午的日光；垂老好學，像燃燭之明——總強於在昏暗中行走！

透過不懈怠和有興味的博覽勤研，「風簷展書讀，古道照顏色」，於是「尚友古人」，分享前賢穿越時間（以至空間），限制的智慧——仰真人，讀其聯，令人神往！

5.45 府署大堂暖閣 （清 薛時雨）

為政戒貪——貪利貪，貪名亦貪。勿務聲華忘政本；
×○ ○ ○ ×○××

養廉維儉——儉己儉，儉人非儉。還從寬大保廉隅！
○× × × ○×○○

慰農薛氏，咸同間良吏名儒，器識文藝，具見此聯，當為世法！

5.46

輓劉半農　（現代　趙元任）

十載奏雙簧，無詞今後難成曲；

× ○○ ○ × ○×

數人弱一個，教我如何不想他！

○ ×× × ○ ×○

「數人會」是趙、劉所屬文化小團體，《教我如何不想他》是劉作趙譜之名曲。親切沉痛，有此身份交情，乃可如此下筆。

5.47

香山書院禮堂

諸君到此何為？豈徒學問文章，擅一藝微長，便算讀書種子？

○×○○×○ ×○×○×

在我所求亦恕：不過子臣弟友，盡五倫本份，共成名教中人。

×○××○× ○×○×○

「恕」，推己及人，有諸己而後求諸人，典型儒家之教——父「子」有親，君「臣」有義，長幼（兄「弟」）有序，朋「友」有信——加上了這裏沒有提，但沒有了就一切都沒有的、男女結合的「夫婦」，就是「五倫」。盡倫常責任，就是正「名」辨份之「教」，就是真正的「讀書人」的根、幹、枝、葉，和結出的文明花果！

5.48

育嬰堂 （集《論》《孟》句）

子不子① 亦各言其子② 委而棄之③ 是可忍也，孰不可忍也④ 先王斯有不忍

人之政⑤

幼吾幼，以及人之幼⑥ 比而同之⑦有以異乎？曰無以異也⑧ 大人不失其赤子之心⑨

①《論語．顏淵》
②《論語．先進》
③《孟子．公孫丑下》
④《論語．八佾》
⑤《孟子．公孫丑上》：「先王有不忍人之心，斯有不忍人之政矣。」
⑥《孟子．梁惠王上》
⑦《孟子．滕文公上》
⑧《孟子．梁惠王上》
⑨《孟子．離婁下》：「大人者，不失其赤子之心。」

5.49 邃加室春聯

「舊學商量加邃密，新知培養轉深沉」——這是朱熹在南宋孝宗二年（1175）江西廣信與陸九淵（象山）兄弟哲學論辯中，所和七律的頸聯警句。香港中大名教授蘇文擢先生即取以名其書齋。蘇公經學與詩古文辭書法，無不卓絕，出緒餘而為對聯，也自精巧從容，儒雅典正，自來港（1950）十三年壬寅（1963）賃居立祖先牌位，自此每歲元日，撰干支冠首聯語牌位左右，宣揚祖德，律身自勉，垂法後輩，正如《詩經．大雅．文王》篇所教：

「無念爾祖（難道不想念你們的祖先，）
聿脩厥德（於是好好進修自己的品德？）
永言配命（永遠這樣修德而配合天意）
自求多福（就這樣自求多多福氣！）」

中華文化傳統、蘇氏歷代家訓、邃加室身言之教，莘莘學子之所以感念敬佩賢師，都在於此！一九八九己巳，多年來追隨翟公的詩學小組注釋輯版，名為《靈芬聯集》，一卷在手，大家珍惜喜愛的翟公墨寶、教言，就同時在前了——譬如甲子（一九八四）所製：

甲部傳經，家風淳茂；

×○○×

子衿成詠，教澤宏深。

○××○

我國書籍自曹魏時分為甲乙丙丁四部，即後世之經史子集。《子衿》是《詩經·鄭風》篇名，首句：「青青子衿，悠悠我心」——青青衿領，是學子所服，翟公弟子朱冠華注釋並譯說，蘇家三代從事教習，尤重經義，家風淳樸茂善，有會於「青衿育才」之旨，以此自勵其德。

——又譬如丁卯（一九八八）所製：

丁寧遵祖訓
○　×
卯冒出家聲
×　○

丁寧，今加口旁，「再三告示」之意（《漢書．谷永傳．顏師古註》），二字疊韻。卯、冒兩字同意而雙聲，都解「從地土冒出」（見《說文解字》與《釋名．釋天》），門人柯舉義注釋並譯解云：

「祖先遺訓，有如丁寧反覆，當知遵奉；而天地萬物，冒土而出，生機蓬勃；吾人又宜及時奮勉，庶幾揚其家聲也。」

這是對聯可珍的體例之一。有年擢公替西貢民政處撰嵌字春聯：

西有就、東有成，民樂春回安樂國；
×　○　×　○○××

貢群才，獻群力，政平民享太平年！

——這當然是永遠的眾生所望，何嘗限於一地一時呢！

翟公教授一九九七香港回歸前夕捐館，筆者自澳洲撰寄輓聯，稍獻微忱：

大儒、醇儒、君子儒；翰墨珍遺，杖履曾隨，平生最幸友兼師，二十年來擕後學；

家學、國學、天人學；德言長在，孤懷永往，再叩無緣文與道，八千里外哭鴻儒！

5.50 鎮江金山寺膳堂

一屋一椽，一粥一飯，檀越脂膏，行人血汗！爾戒不持，百事不辦，可懼可憂！可嗟可歎！

一時一日，一月一年，流光易逝，幻影非堅！凡心未盡，聖果未躔，可驚可怕！可悲可憐！

寺院的一屋一椽，膳堂的一粥一飯，都是檀越（施主）的脂膏，都是行人（寺院籌募代表）的血汗。如果你持戒不嚴、辦事不力，真是可懼可憂、可嗟可歎！

時辰、日子、月份、年頭——一個一個這裏匆匆過去，肉體凡軀容易消逝像個幻影！如果你凡心未盡去除，覺悟的品級踏不上，那後果真是可驚可怕、可悲可憐！

5.51

港島半山「大學」聯

大德不踰，行為世法；
　　○　　×
學古有獲，業精於勤！
　　×　　○

香港在二十世紀六十年代中之前，長期只有一所法定的完整正式的「香港大學」，所以就簡稱為「大學」。位在港島半山、校本部陸佑堂旁、與政府中學「英皇書院」隔般咸道 Bonham Rd. 相對，有所中文學院，牌坊嵌「大學」兩字為聯，意思是：

文明教化的大原則不要踰越，品行可作社會模範；學習前人文化應當有所收獲，教學本業要勤奮精進才有成果。

可惜向來知道有這對聯的，好像很少。

5.52

「崇基」正門牌坊聯

崇高惟博愛，本天地立心，無間東西，溝通學術；
○ × × ○ × ○ ○ ×
基礎在育才，當海山勝境，有懷胞與，陶鑄人群！
× ○ ○ × ○ × × ○

二十世紀香港英治時期，六十年代中併入「中文大學」之前，以「崇奉基督」為名，繼承大陸教會的專上學院，由港島遷新界馬料水大埔公路旁，立此嵌名聯於牌坊，宣示理想。

首句標舉信仰，次句本北宋理學家張載名言：「為天地立心，為生民立命，為往聖繼絕學，為萬世開太平」。末句應時代要求，救東西對立之病。下聯收結以《論語》孔子「少者懷之」理想，再用張載《西銘》「民吾同胞、物吾與也」警句，以教育理想功效作結。題名院長凌道揚，實際撰者據聞是經濟學丘師鎮英教授。數學大師丘成桐即其哲嗣。

5.53 待人接物

話到口邊留半句
×　○○××
理從是處讓三分
×　××○○

忠厚待人，敬愛處事，無論在家在外，這格言佳對都是金玉良言，流傳已久，香港商業電台主事者選作全體仝人格言，實在明智。

5.54 （附）獻拙：乾惕齋聯選　（陳耀南）

香港中文大學悉尼校友會嵌字聯

中文遠景勝從前，北海南洲，校譽弘揚憑我輩；
○○×××○○　××○○　×　○○××

大學生涯如昨日，談天説地，友情延續盡君歡！

××○○××　○○××　　○××○○

嫁女聯

陳訓喜輝新：善相夫君昭有慧

××○○　××○○××

孫賢欣耀祖：虔隨聖主健為華

○○××　○○××○○

一女名昭慧，婿孫健華，囑嵌姓名，撰贈以賀。

5.55 小篆對稱字聯（周策縱戲作）

一日芙蓉雨
百章草木音

罪言天下罕
古典本來高

言行玄幽甘索莫
異同閧鬥具苦辛

牛羊尚自樂中土
草木不常榮高丘

不樂自由自無樂
只甘尚古尚非甘

文章自古非全策
古典無關亦半空

美言亦善善言亦美
同音容異異音容同

——一九七七年三月十四日于陌地生。

四十多年前，筆者任教香港大學中文系，蒙旅美名家周策縱教授示以小篆對稱字聯七首，巧心妙思，寄慨宏遠，令人感動敬佩之至！謹作簡釋如後，倘有未達，敬祈亮宥。

（其一）荷葉、蓮花，上面灑落了整天雨水；草木飄揚了百多樂章的妙音。

（其二）這樣的以言獲罪，天下罕見，經歷考驗、潤澤心田的古典文化，本來就品位崇高。

（其三）言行玄祕幽深，甘於知音稀寂；因觀點立場而吵鬧爭鬥，實在可痛可悲。

（其四）牛羊尚且樂於活在熟悉的、自由自主的土地；草木也並不常常暢茂在高峻的山丘。（按：昔日宗邦多難，周教授英年去國，治五四運動史、馳譽西方漢學界、間作詩詞回文聯語，亦自出色當行，譬如妙譯所居、芝加哥西北偏北、蘇必利湖南、密西根湖西之 Madison 為「陌地生」——在陌生國土有意義地存活下去；以較此處諸聯，其襟抱情懷，亦可想見。）

（其五）上聯標舉自由價值，下聯榮古而不陋今。

（其六）文章足以動眾，但真要移風易俗，開物成務，推動時世，還須配合其他謀策；不過，假如忽略了文化歷史，割斷了國家民族傳統精神，也就過半落空了！

（其七）（老子《道德經》末章：「信言不美，美言不信」，不過——）美好的言語，也可以良善；正如良善的語言，也可以美好；相同的聲音，包容了異調；歧異的論調，也涵蘊了類同。

六 嘲贈

6.01 劣醫（集孟浩然句改動兩字）

不明財主棄；
　○　××

多故病人疏！
　×　○○

醫者可敬可感，在「仁心仁術」。浩然原句：「不才明主棄，多病故人疏」，換易調動，遂變而為譏罵。「庸」醫只不過平常，不懈地努力，自有進境；如果才品俱劣，就難免嘲怨、怒罵了。

6.02

劣醫　（清　紀昀集唐詩）

新鬼煩冤舊鬼哭（杜甫《兵車行》）
×　○　××

他生未卜此生休（李商隱《馬嵬》）
○　×　○○

以誤就劣醫以致殞命者之哀痛為言。有人更加橫匾曰：「功同良將」——范仲淹名言：「不為良相，亦為良醫」，皆壽世益人；故世譽之曰：「功同良相」，改易一字，則「一將功成萬骨枯」了！

6.03

哀譏政局　（王闓運）

民猶是也，國猶是也，何分南北？
××　××　○×

總而言之，統而言之，不是東西！

○○　○○　×○

清末王闓運（壬秋）以「天開文運」自許，擅文史、精經學，著《湘軍志》，嘗勸曾國藩取代滿室，其後廢科舉，君主專制亦隨清朝而亡，但文化、教育、政治皆遽失中心，武人割據自立、橫行，袁世凱奸偽之流乘時，借故拒離燕薊而不南下就總統職，旋且謀復帝制，王氏時任史館，痛心世變而無所作為，於是作此嵌「民國總統」四字以諷。或謂上下聯末四字續於他人，待考。

6.04

嗟老童生

行年七秩尚稱童，可謂「壽考」；

○×○○　××

到老五經猶未熟，不愧「書生」。

×○××　○○

魏晉門第變為隋唐以迄明清之科舉，本為社會階梯流動之選士良方；但出路主於藝文，其後更囿於所謂「代聖人立言」的八股制義，以至小楷書、八韻詩之類，遂成桎梏心靈才性的敝政，前人屢謂「其害甚於焚書坑儒」！直至清末危亡已在旦夕，方廢之而代以現代學校之制。前此則仕進唯此一途，每有才高學勤而文章書法不入考官之眼，或時乖命舛者，由幼迄老，屢考不第，只能歸咎而仍得鑽此極窄之途了！

6.05 諷世 （近代 何淡如）

世事若鳴鑼：只為銅多開口響；
× ○ × ○ ××

人情如擊鼓：每因皮厚發聲高！
○ × ○ × ○○

以銅錢「臉皮」作聯以諷。如此世情，借用《弔古戰場文》兩句：「從古如斯」！「為之奈何」？

6.06 西太后甲午大壽

萬壽無疆，普天同慶；
×○○×
一籌莫展，割地求和！
○××○

晚清鴉片戰敗以來，西國交侵；日本明治維新，一變而為強鄰。一八九五甲午一役，割台澎、賠巨款，而西太后專權之清廷昏聵如故，時人以此譏之。

6.07 諷西太后壽誕 （民國 章炳麟）

今日到南苑、明日到北海，何日再到古長安？歎黎民膏血全枯，只為一人歌慶有；

五十割琉球，六十割台灣，而今又割東三省！痛赤縣邦圻益蹙，每逢萬壽祝疆無！

「到古長安」，即王朝與獨裁者皆成歷史，只供後人憑弔。「赤縣神州」，戰國時陰陽家騶衍稱中國之名。邦圻：疆域。《尚書．呂刑》：「一人有慶，兆民賴之」，意謂君主個人有福，則眾民共幸。「萬壽無疆」、（疆解限界），聯末故意顛倒，與「慶有」相對，更譏斥其不斷割地、喪失國土！

6.08

題《聖武記》賀贈魏源　（清　龔自珍）

讀萬卷書、行萬里路；
○　××

綜一代典，成一家言。
×　○○

龔自珍（定盦，一七九二——一八四一）與魏源（默深，一七九四——一八五七）同為晚清今文經學啟蒙大師，交厚名齊，相惜相得，力主以經世致用之學，救內憂外患之世。魏氏科舉遲達，久抑幕僚，而襄贊大吏，遊歷勘蔡，治黃河、理漕運、行鹽政、更貨幣，都具遠見而成大效。他博通群經諸子，治史以明得失，輯近代經世文編，鴉片戰後，更受知交林則徐之託，編成國人開始面對全球世界的劃時代百科全書式史地巨著《海國圖志》，同時發憤完成清朝軍事史《聖武記》，提出整軍、禁煙、理財種種主張。龔氏以聯代序，揄揚精要得體，絕非溢美。

6.09 嘲官場

大人大人大人，大人一品高陞，陞至卅六天宮，為玉皇大帝蓋瓦；
○　○　○　×

卑職卑職卑卑職，卑職萬罪該死，死落十八地獄，替閻王老子挖泥！
×　×　×　○

崇拜權威、取媚勢利，是凡人劣性。舊日中國崇帝王為天子，視官長如尊親，秦漢一統，君威大熾，至明清而極，「君本位」、「官本位」思維既深且廣，乃有諸般劣習醜態，如此聯所諷。

光明日報出版社一九八六《中國古典文學的對偶藝術》作者傅佩韓談到許多傳說的趣聯妙聯諷刺巧聯之類，說：「有些出諸偽託，有的張冠李戴，有的以訛傳訛，我們不妨採取姑妄聽之的態度，拿它作為茶餘酒後的談資，卻不必花工夫去考證它的真偽」（頁七十四）——實在也「不能」，旨哉斯言！

6.10

諷袁世凱

曹操云：「毋人負我，寧我負人」——唯公善體斯意；

○　×　○　×

桓溫謂：「不能留芳，亦當遺臭」——後世自有定評！

×　○　×　○

引兩位極人臣而只差極峯一步之權相名言，表袁氏心志，恐即項城地下能言，亦不必辯解！

6.11

花燭重逢自題並贈妻（現代　岑光樾）

少日本盲婚，情怯互憐含脈脈；

平生無綺語，老來偏得笑卿卿！

真文學、真性情、真歷史！不愧翰林太吏！

少日：少年時日。盲婚：舊時代婚姻由「父母之命，媒妁之言」，真正當事人無可自主。

6.12

贈春燕　（清　曾國藩）

未免有情，憶酒綠燈紅，一別竟成春去了！
×○　×○　××○○××
誰能遣此？悵梁空泥落，何時重見燕歸來？
○×　○×　○○××○○

可見一代名官弘儒，亦有男女間深情婉意。古人謂「太上忘情，愚下不及情；情之所鍾（集中、聚焦），正在我輩」，此上下聯首句發意之本。下句分嵌「春」「燕」二字，中間化用隋薛道衡名句「空梁落燕泥」。

6.13 壽黃侃五十（民國　章炳麟）

韋編三絕今知命，
〇×〇×
黃絹初成好著書。
×〇×〇

民初黃侃（季剛）對古文經學大宗師章炳麟（太炎）執弟子禮，黃甚精文字聲韻文選文心諸學，章甚重之，勉以著撰成書，黃則應以年屆五十方為未遲。

舊說孔子五十而喜研《周易》，用功甚勤，組編竹簡之熟牛皮帶（「韋」）亦因翻動多而斷絕數次。此聯借以譽其精勤，勉其及時應諾著書。

據說黃氏得聯甚喜，旋覺上聯有「絕」「命」二字，覺不吉利，其後果於是年去世云。

6.14

壽吳佩孚五十 （民國 康有為）

牧野鷹揚，百歲功名纔半紀；
〇〇 ×〇 ××
洛陽虎踞，八方風雨會中州！
××〇×〇〇

民初軍閥混戰，直隸（河北）領袖吳佩孚與奉天（遼寧）首領張作霖纏鬥而勝，據洛陽，康有為以此壯語賀之。「半紀」「虎踞」或作「一半」「虎視」。

周武王伐商，克紂於牧野（今河南淇縣），又西南稍遠即為古都洛陽，黃河下游平原自此開展以至於東海，自古稱為「中州」，意即天下政治經濟文化中心，交通往來兵家必爭之地。辭氣壯偉。

6.15 梁羽生贈陳耀南

教無類，一若志，薪傳道耀；
×　×　×
授有方，齊百家，走北圖南！
○　○　○

上世紀九十年代中，筆者移居澳洲悉尼（港台通譯「雪梨」），有幸在教會認識新派武俠小說開山大師梁羽生前輩。許多人都知道與金庸齊名而相惜相知的他，更是掌故軼聞名家，詩詞棋藝能手，至於對聯，更是出色當行——且看他每本小說中的回目，就可見難有人及的文言功力了！九六年中，香港中華書局替筆者出版《中國人的溝通藝術》（原題《錦心繡口筆生花》），承蒙生公惠序，後來更賜嵌上名號之聯，愧謝之至！此書二〇一九年加入有關的經史書翰原文，重新出版，更便於參稽對照。

「有教無類」，孔子作育人才的傳統；「一若志」，莊子所教的情意精神集中。

6.16

嘲勢利招待者

坐、請坐、請上坐、請房裏坐；
× × × ○ ×
茶、泡茶、泡好茶、泡我的茶。
○ ○ ○ × ○

勢利者誰？皆曰：「某寺僧」；錄其由冷笑傲慢而熱情多禮之語以諷者誰？或曰阮元、或曰曾國藩、或曰彭玉麟——世間此等事常有。修道有得，溫厚待客待客之出家人亦實在不少。有時大人物「稍記」小人過，如此而已！

6.17

愛民執法大貪污

愛民若子——牛羊父母、倉廩父母、供為子職而已矣；
○ × × × ×

執法如山——寶藏興焉，貨財殖焉，是豈山之性也哉？
×○　　　　　○　　　○　　　　○

此聯以引經典故事作歇後語，譏諷自鳴清高的貪官。事實和撰者都未能稽考，只是輾轉傳述於坊間「聯話」「傳記」之類。話說有位縣令，自題聯首兩句各四字於署門，後來有人用《孟子．萬章上》，舜被惡弟謀害，打算與父母瓜分他財產的傳說，罵他以號稱「父母官」的權位而剝削百姓。下聯取《禮記．中庸》後部論大地山水豐富蘊藏一節，嘲譏他搜刮無度。

6.18 賀人五代同堂重逢花燭

人近百齡猶赤子
×　○○××

天留二老看玄孫
○　××○○

高手妙聯撰贈厚福佳偶。

6.19 六十自壽（清 鄭燮）

常如作客，何問康寧；但使囊有餘錢，甕有餘釀，釜有餘糧，取數葉賞心舊紙，放浪吟哦，興要闊，皮要頑，五官靈動勝千官，過到六旬猶少；定欲成仙，空生煩惱；只令耳無俗聲，眼無俗物，胸無俗事，將幾枝隨意新花，縱橫穿插，睡得遲，起得早，一日清閒似兩日，算來百歲已多。

這位乾隆進士、書畫名流、愛民好官，灑脫高雅之情，於此可見。李嘯村聯：「三絕詩書畫，一官歸去來」，巧妙確當之贈。

6.20 遵囑並嵌五人嘉名贈劉健行慧嫻伉儷志斌凝芬凝姿男女公子皆基督徒也（陳耀南）

君子健行，志文武於一身，神恩高廣欽仁智；

×○　×○　○×○×

佳人善德，凝芬姿於二女，主愛深長羨慧嫻！

○×　○×　×○×○

七　巧趣

7.01　一九三二清華大學入學試中文聯

孫行者

祖沖之

聞出題者是文史大師陳寅恪，謂此可測知考生掌握詞性虛實能力。下聯同以實際姓名作對，最佳者是推算發現「圓周率密率」（3.141592653589……）的「祖沖之」，而陳氏意想之中，則清儒「王引之」或當代「胡適之」，第二字均「仄」，與「行」相對云云。

7.02

岑胡科名爭勝

山高月小；
○ ×
古往今來。
× ○

科舉時代常見的宗族虛榮意氣之爭。某年岑姓略高於胡，於是拆字自矜「山」「今」高、來對方「古」「月」小、往，如此而已！

7.03

全入全平妙對

屋北鹿獨宿；
溪西雞齊啼。

卡通電影製作，可以為此奇趣情景。

7.04

三才天地人（一説：「三光日月星」，遼或西夏使者述其國舊對）
四詩風雅頌（蘇軾對）

上聯：「才」字本是「連根幼苗」引申為「生化力量」、「才能」，故「天地人」為「三才」。出句易而對句難：首字不能為「三」，而次字「總類」之下，只能有三。《詩大序》以國風、小雅、大雅、頌為「四始」，蘇子所對，即從此表現機巧。「詩」字若改為「始」，「風」「雅」二字對調，平仄與出句較合，但次序又與習慣不同。又有説謂令醫官對以「六脈寸關尺」，梁章鉅《巧對錄》又有「八旗滿蒙漢」云（「旗」字平聲），見一九九八上海辭書出版社白化文《學習寫對聯》頁二十五。

清李嘯村贈鄭燮（板橋）：「三絕詩書畫，一官歸去來」，受者實至名歸，撰者得心應手。）

7.05 煙鎖池塘柳——求偶五行誇「絕對」

漢語以筆畫方塊構字，形聲組合為多，獨體單音，詞性靈活，聲調平仄對應，文人好奇攻難以得趣，對聯中著名者莫如五行求偶——上下聯都只五字、偏旁五行各一，組合構成意義——求偶甚難而三百多年來，人最習知者莫若如詩如畫的：

煙鎖池塘柳——「迎難而上」者，例如：
茶烹鑿壁泉（似乎品味不俗）
燈深村寺鐘（也好）
灰填鎮海樓（美怠？很難說得上了。）
港城鐵板燒（不是市區自由行的廣告吧？）

港鋪燈塔標 （更像尋常新聞照片）

燈鋪深圳橋 （也是。反而五行次序相同的——）

烽銷漠塞榆 （真有點「漢家煙塵在西北」了！）

還是可以翻翻陳文統先生（即梁羽生）的大著，96—105 節。

客上天然居 ○　居然天上客 ×

人過大佛寺 ×　寺佛大過人 ○

僧游雲隱寺 ×　寺隱雲游僧 ○

上聯據說乾隆時傳出，天然居是北京市肆，粵語亦稱茶樓曰「茶居」。大佛寺為廣州景點，「大過人」（比人更大）亦是粵語語法。不過誠如梁羽生前輩《名聯趣談》109 節所說：「只重回文，忽略對仗」，而「僧游」一對較工。總之，漢字靈活，而人情好奇，遊戲詞章藝術，穿鑿附會，許多地方難以徵實，人們也無暇細考了。

7.06 小學大師對稱聯

半閑白日登山去；
○×○×
一曲黃某帶雨來。
×○×○

「某」：樹「木」枝梢的「甘」酸之果——即是「梅」的本來之字。不過，「某」一早便被假借為「誰、某」意義，於是「黃某」變作解為「姓黃的某君」，而「酸果」的本解就另借「梅」字了！

上述極初步的文字、聲韻、訓詁知識，古人稱為「小學」——即是孩童語文入門知識，早已與「經學」相配，演化增長為好幾門精深學問，與詩文創作欣賞的「詞章」、談心論性的「義理」，並列為中國傳統學藝的大流派了！

天賦優越、用力勤劬的才人，就可以兼具眾長。當代出身香港、名馳兩岸以至海外諸地的經學大師單周堯（文農）教授，著作等身，門下碩博眾多，著名溫和謙厚，間中也寫寫對聯。近日香港中華書局替他刊行《漢字漢語解碼——咬文嚼字集》，筆者有幸承命寫序，得見原稿插刊一幅他自書隸體小篆字字對稱之聯，甚有詩意——就是這首。

上世紀七十年代，台港華人出現黃梅調歌曲熱潮，單公此聯，又同時取意於宋詞賀鑄《青玉案》「梅子黃時雨」。

年前周堯教授友朋弟子替他祝賀七十大壽，筆者誠懇撰聯以贈：

博文深考訓，約禮羡肫仁，功裨群經，敦厚安柔，五福壽康攸好德。

○ × × ○ × ○ × ○ × ○ ×

純粹比精金，清和輝潤玉，培成多士，尊榮裕富，眾歌恭讓頌溫良！

× ○ ○ × ○ × ○ × ○ × ○

揄揚真切，並非誇大客氣。

7.07

水底日為天上日（寇準）
×○××
眼中人是面前人（楊億）
○×○○

宋初二人上朝前敍於偏室，成此自然巧對，可作今日初級科學課本插圖。

7.08

玻璃門窗書室篆聯

金簡玉冊自上古
青山白雲同素心

漢字結構有筆劃對稱者，篆體尤然，書於透明片上，正反方向視之，皆成字對，亦多美怠而富哲趣。

7.09 雅俗諧趣聯　（近代　何淡如）

無酒安能邀月飲
×〇×
有錢何必食雲吞
〇×〇

（或作）

有酒方能邀月飲
無錢只得食雲吞

上聯變自李白《月下獨酌》詩，粵之「雲吞」即北之餛飩，但與「月飲」恰成對偶，真不外文字遊戲小技而已！

7.10

潘何聯婚

有水有田兼有米；
×○××
添人添口又添丁。
○×○○

樸素善良的農民願望。

7.11

福無重至今朝至；
○　×　○×
禍不單行昨夜行！
×　○　×○

也可能是另一個杜撰的對聯故事。話說有位書法高手所寫春聯，時時旋貼旋被偷去，這次上下聯只各有四字，無人動手，到將交子時，快要翌日了，就立即各加寫下三字，於是人人讚歎云。其實，如果昨夜有禍，是否一定消失於今朝呢？當然，文藝不必等同邏輯，算了吧。

7.12

酒樓（集唐詩）

勸君更盡一杯酒（王維《渭城曲》）
○ × ○×
與爾同消萬古愁（李白《將進酒》）
× ○ ×○

不懂妙用此兩名句，真是愧作唐人子孫！

7.13

無錫錫山山無錫；
× ○ ×
平湖湖水水平湖。
○ × ○

蘇浙當地風光，文人雅趣成聯，一哂可也。

7.14

田園生活

靠山吃山，靠水吃水；
○○××
種豆得豆，種瓜得瓜。
××○○

自然渾成，親切而毫不費力。

7.15

戲台（集唐文名篇）

信耶？夢耶？非其真耶？（韓愈《祭十二郎文》）

秦歟？漢歟？將近代歟？（李華《弔古戰場文》）

歷史、人生，如夢如戲。

7.16

借一點對

宦官寄宿窮家，寒窗寂寞；
○×○○×
冢宰安寧富宅，宇宙寬宏。
×○××○

上聯各字均「宀」部，音「棉」，像屋頂，惟「窮」字「穴」部。

下聯各字亦然，惟首字「冢」則否，部首「冖」，音「覓」，與「冪」同，以巾覆物之意，所以說「借一點」以同此聯他字。「冢」，山頂、頂端之意，冢宰即首相，既貴且富，應當知人善任，廣納眾賢，所謂「肚內可撐船」，如韓愈名篇《進學解》所謂「登明選公，雜進巧拙」，最為理想。相對則宦官賤人，實男性帝王專政制度之罪惡產品，心理不易正常，恃勢弄權為非作歹，歷史慣見。此聯誰作？未遑確考；雖是文字遊戲，細思亦有深意。

7.17 色香遊戲聯

花下焚香，試問花香？香香？

面上施色，難辨面色、色色！

7.18 理髮店

磨礪以須，問天下頭顱幾許？
及鋒而試，看老夫手段如何！

比起「雖然毫末技藝，也是頂上工夫」，此聯語氣更豪，故意「嚇人一驚」的梟雄口吻。過去了。

7.19 部首趣聯

琴瑟琵琶，八大王一般嘴臉；
　　　　○　○　×
魑魅魍魎，四小鬼各樣心腸！
　　　　×　×　○

是文字遊戲，也見物態人情。

7.20

諧音雙關

後生生病請先生，先生先生病；
儒家家貧作醫家，醫家醫家貧。

舊日粵語稱醫師為「先生」，即如北地所謂「大夫」，不料因家貧而行醫者先已生病云云，文字遊戲而已。

7.21

迴環拆字聯

寺左言詩，明月照僧歸古寺；
○　×　　××

林下示禁：斧斤以時入山林。
×　　◯　◯◯

上聯首尾皆「寺」字，「左」為方向亦解「附近」，「言」而成「詩」。下句「月」是「明」之右半，境界亦如畫如詩。

下聯結構與上同。首尾皆「林」，下加「示」為「禁」，「斤」解「刀斧」，字亦「斧」之下半。《孟子．梁惠王下》第三節：「斧斤以時入山林，材木不可勝用也」；山林樹木，須俟成長方用，不可過早濫斬伐——樹林入口處懸示禁令如此，可見古人保育環境生態知識。

7.22 拆字

凍雨洒窗，東兩點，西三點；
×◯　　×　×

切瓜分辨，上七刀，下八刀。
○ × ○ ○

文字遊戲，聊供一哂。「洒」字不可作「灑」。

7.23

詞語雙關聯

眼前一簇園林，誰家莊子？
○ ○○×

壁上幾行字墨，哪個漢書？
× ××○

上下聯末兩字，可解為書名：亦可解為「誰家的田舍村庄」、「哪個漢子所寫」撰者亦傳為唐寅、秦大士之類名人，難確考了！

7.24

諧音論文臣武將高低

兩船並行，櫓速不如帆快；

× ○ × ○ ×

八音齊奏，笛清難比簫和。

○ × ○ × ○

風向與船同，則上聯確然（諧音「魯肅不如樊噲」。）下聯樂器未必然。諧音「狄青難比蕭何」——請看「杯酒釋兵權」的好戲，「莫須有」「風波亭」的悲劇！

7.25

朝長同字異讀聯

雲：朝朝，朝朝朝，朝朝朝散

○ ○ ○ ×

潮：長長，長長長，長長長消。

× × × ○

上下聯二、四、五、七、九各字：上聯讀陰平聲，如「朝暮」之朝；下聯讀陽平聲，如「長久」之長。

上下聯三、六、八三字，上聯讀陽平聲，如「朝拜」、「朝見」之朝。下聯讀仄聲，如「消長」之長，或「漲退」之漲。

上聯寫雲聚而復散，下聯說潮漲而又消。

這是浙江永嘉江心寺聯，王十朋撰。山海關孟姜女廟有類似之作：

海水：朝朝、朝朝朝、朝朝朝散；
浮雲：長長、長長長、長長長消。

中國天空海闊之地甚多，彼此利用同字異讀而模擬承襲之聯不少，有妙趣而又不足為奇了！

7.26 李劉問姓

騎青牛，過函關，老子姓李；
〇 ×
斬白蛇，興漢室，高祖是劉！
× 〇

中國傳統特重倫常尊卑之禮，小民就爭認尊長以互謔。舊記：東周既衰，老子出函谷關而西隱，世人稱父亦曰「老子」，姓李者借此討問姓者便宜。

中國自古王朝化家為國，元首有謚號（某皇某帝）有廟號（某祖某宗）。神話傳說劉邦斬白蛇而建漢朝，廟號「高祖」。「高祖」亦家族尊長之稱，姓劉者同樣利用一詞兩義，後出反勝。

7.27

莊主與求宿貧士應對

北往南來，看斜日西沉，誰為東道？

× ○ × ○ ○ ×

冬寒夏熱，望中庭春永，我打秋風！

○ × ○ × × ○

《左傳僖公三十年》燭之武說秦穆公「舍鄭以為東道主」——鄭在秦東向發展必經之道，可作盟邦應接。後引申為「供應款待者」之意。「打秋風」是「打抽豐」的諧音，「居中牟利，抽取便宜」（佣金、介紹費之類）之意。

7.28

民初某土地廟

男女平權，公説公有理，婆説婆有理；

○ × ×

陰陽合曆，你過你的年，我過我的年。

「世界行陽曆，民間紀夏時」，百多年來華人兼用陰曆（夏朝以寅月為歲首，故又稱「夏曆」），珍存了無限溫馨的歡樂。

7.29 集《論語》句詠手杖

用之則行，舍之則藏，唯我與爾有是夫！（《述而》）

危而不持，顛而不扶，則將焉用彼相矣？（《季氏》）

「相」是助目之木，即是手杖，粵語所謂「盲公竹」。「丞相」、「相夫教子」等詞語之中「相」字皆本此意。本聯「用」先「危」後是諷，「危」先「用」後則是勉。

7.30 康有為對張之洞（？）問

四水江第一，四時夏第二。先生來江夏，還是第二？還是第一？

三教儒在先，三才人在後。小子本儒人，何敢在後？何敢在先？

古稱江淮河漢為「四水」或「四瀆」，皆匯眾流而東注於海。春夏秋冬為「四時」，即「四季」。江夏即武昌，據說時張之洞為湖廣總督鎮此，出上聯以迎康而考其才思。儒道釋三教，天地人三才，康有為以「不先不後」表現「不亢不卑」，可謂巧而得體！

7.31 五色五行風月戒聯

綠酒映紅燈，誰能夢醒黑甜，笑他潦草黃衫，歲月銷磨嗟白髮；

土音歌水調，畢竟星沉火滅，任爾生花木筆，心思多少為金釵。
○×　×○×　×○×　○×○○

陳文統前輩（梁羽生）《名聯觀止》引民初陳方鏞《楹聯新話》所記。五行五色各物，常見現成。（《水調》唐人大曲，宋詞有《水調歌頭》。傳統中式毛筆，多成於竹管，亦屬木）。組織成聯以勸戒，亦自然親切，如陳方鏞所云「渾融工麗」。

□責任編輯：郭子晴 許穎
□設計：黃希欣
□排版：時潔
□印務：劉漢舉

巧聯萃賞

□
著者
陳耀南

□
出版
中華書局（香港）有限公司
香港北角英皇道 499 號北角工業大廈一樓 B
電話：(852) 2137 2338　傳真：(852) 2713 8202
電子郵件：info@chunghwabook.com.hk
網址：http://www.chunghwabook.com.hk

□
發行
香港聯合書刊物流有限公司
香港新界荃灣德士古道 220-248 號
荃灣工業中心 16 樓
電話：(852) 2150 2100　傳真：(852) 2407 3062
電子郵件：info@suplogistics.com.hk

□
版次
2020 年 11 月第 1 版第 1 次印刷
2023 年 9 月第 1 版第 2 次印刷

□
規格
大 32 開（210 mm × 150 mm）

□
ISBN：978-988-8675-35-7